魂の友と語る

銀 色 夏 生

幻冬舎文庫

魂の友と語る

これは私の大切な友人と語った会話の記録です。彼女とは大学2年の終わりの春休みのアルバイト先で知り合いました。春休みだけの学生アルバイトが4人いて、みんな同じ年で、とても忙しかったけど楽しかったのを覚えています。

彼女は、私が今まで会ったことのない人でした。妖精のような感じとでもいうのか……。私は最初、驚いて、でも奇妙に思いながらも惹きつけられ、すぐに親しくなりました。

哲学を語る人はたくさんいたけど哲学を生きているような人を見たのは初めてでした。その後も見たことはありません。

それから30年。お互いに日本の中をときどき引越しながら、1年とか2年とか3年に1回ぐらい会ってきました。

2006年11月の会話です。そのころ人との会話を録音するのに凝っていた私が彼女との会話も録音させてもらったのです。私が彼女に、子どものときからのことをいろいろ聞いています。当時高校生の娘さんも後半登場します。

説明は難しいので、私が大切な友だちとどういうことを話すのか興味のある方は読んでみてください。最初に会ったとき、小さくて細くて鳥のようだったので会話の中では彼女を「鳥」と呼びます。娘さんは「小鳥」と。

鳥　1984年

ここまでの来し方を聞く

銀色「子どものときはどうだったの？」
鳥「だから、私、あなたと違って、……あなたは野山を駆けずり回って育ったじゃない？　それにお母さんがあんなふうでしょ？　まず」
銀色「うん」（風変わり）
鳥「でも私はほら、はだしにもなれないような感じで育ったわけじゃない？」
銀色「うん」
鳥「砂をさわってもいけないみたいな。すごくこういうふう（小さい箱の中の鳥みたい）なくせに、なんだか……音楽会とか」
銀色「文化的な？」
鳥「非常に文化的ないろいろ……、音楽会とか美術館とかそういうとこに、いっぱいつれまわされたの。小さいときにね。で、うちの両親がすっごく活動的な人だから、なんでもやってくれるの、私がやる前に。そして、すごくよくしゃべるし」
銀色「うん」

鳥「そうすると私は、なんにもしなくていいし、なんにもしゃべらなくていいし、だけど美術館で絵をみたり音楽をきいたりしていたら……おのずと自分の世界ができてしまった。で、それが閉じられた世界みたいになっちゃったんだよ」
銀色「うん」
鳥「だから、その中に生きてたんだよ。閉じられた世界の中に！」
銀色「でも、途中から世の中の人と会ったりするでしょ？　幼稚園とか小学校とか」
鳥「そうそう」
銀色「でもさあ、そういうカゴの鳥っぽく育てられた人って他にもいると思うんだけど、それともちょっと違うよね……」
鳥「え？」
銀色「それはなんでだろう。生まれつきなのかな。……でもほら、お母さんに、変わったこと言われて育てられたって言ってたよね」
鳥「そうかもしれない。……夜、ブランコに乗ったら、お月様が見ててそこまで飛んでいくよとか、海岸のとこに木があったら、あれはアシカさんだから、夜になったら来るだろうねとか、そういうふうなことは言ってたよね」
銀色「このお花は今、なにを言ってるの？　って聞かれながら育ったって言ってたよね」

鳥「そういうのはあったね。すごく。なんかお話ししてるわねえ、みたいな」
銀色「それで育っちゃったから、このお花はなにを言ってるかって思うようになっちゃったんだよね。思うっていうか……」
鳥「そうそう。ほとんどの物と会話する。名前もついてるし。洗濯機や食洗器にも」
銀色「ふつうの人はそういうこと聞かれないから、考えないよね」
鳥「あ！……そう？」
銀色「うん。聞かれないと思うよ。このお皿がなに考えてるかとかはさ。……最初に人とかかわったときはどうだったの？」
鳥「人とかかわる？」
銀色「さっきの幼稚園とか」
鳥「いやだった。だって。強い子とか、活動的な子とかいるわけじゃない？　と、なんとなく、ちょっと違うでしょ？　いっしょに遊ぶんだけど、あんまり好きじゃないよね。なんか。みんなと遊ぶのが。どっちかっていうと、絵を描いたりしてる方が好き、って感じかなあ。でもそういうもんだと思ってるじゃない。ずうっと」
銀色「うん」
鳥「小学生のときもそんな感じなんだけど、でもそういうものだと思ってるじゃない。世の中って。世の中って、ちょっと自分と離れたところにあるもの、みたいな」
銀色「うん。それはそれで自分としては納得してたの？」
鳥「納得はいかない……あんまり気持ちよくはない」
銀色「関係なくてもいられたんだね。それで生きていけたんだよね」
鳥「うん。最初のうちはね。だけど、中学生ぐらいになると、それがすごくいやになってきて、世の中と自分の間にものすごく深い溝がある、って」
銀色「ハハハ」
鳥「とてつもなく」
銀色「うん。それって……なに？」

深い深い溝

鳥「すっごく深い深い溝があって、苦しい。そんな感じ」
銀色「小学生まではどうにか大丈夫だったのかな」
鳥「うん。どうにか。……いやだったけど」
銀色「……で、中学生のとき、そういう溝を感じて、どうしたの？」

鳥「うん？……その溝って、外の物体とか、そういうものもなんか、ここにあるのかどうなのかはっきりしないなっていう感じ。自分以外の世界っていうものが、本当にあるのかどうなのか、っていう」
銀色「うん」
鳥「さわるってどういうことだろうとか、さわってもなんにも感じないとか、物ってここにあるのかとか、自分は本当にここにいるのかとか、世界って何？　私って何？　みたいな、そんなふうになってきて、いろいろ実験もしたんだけど」
銀色「どんな？（笑）」
鳥「どれをさわったら、少しは感じることができるか、みたいな。どれくらい痛くしたら感じるかなとかさ」
銀色「じゃあ、いろいろさわったりとか、いろいろしたんだ」
鳥「うん。とにかく、なかなかその……実感としてつかめないわけ。物が本当にそこにあるかどうか」
銀色「うん」
鳥「で、私はこう……外の世界と分離されたような感じ」
銀色「うん」

鳥「それでずっといやだったんだよ。中学校とか高校のあいだ。すごくいやで、なんとかしなきゃいけないって。それで、何か、確かだと思えるものがひとつでもないのかってすごく考えたんだよ」
銀色「うん」
鳥「そしたらその時に、……今まで生きてきた中で確かに感じることができたと思える特権的瞬間が何回かあったことに気がついたの。そして、その時、私のどこがどう感じたかっていうと、肋骨《ろっこつ》のね、左の上あたりが痛くなる」
銀色「ハハハ」
　私が急に笑い出すのは、そこに真実を感じた時。感じ入った時、うれしくなって。
鳥「このへん。ここになにかある！」
銀色「ハハハ」
鳥「そう思ったわけ」
銀色「うん」
鳥「それでさらに、そのことをよ〜く集中して考えてみたら、もしかしたらそこにちっちゃな水晶玉みたいなものがあるんじゃないか！　って」
銀色「うん」

鳥「小さな水晶宇宙がある。それを思ったときに、あーっ、て。あった！　と思った。これは前からあったんだ。ただ気づいてなかっただけで。でもこれがあったとわかったら、もう大丈夫かな。とりあえず、あたしがここにいるっていう、存在証明になったわけだから」

銀色「最初会ったときに言ってたもんね、そういうこと。水晶玉が、水晶玉が、って」

鳥「言ってたでしょ？　わかんなかったでしょう？　でも」

銀色「うん。な～んてへんな人かと思った。ほーんとに、ほんとにへんな人って」

　その水晶玉の話を真剣にされて、私は驚き、自己防衛として、まずいったん引いた。

鳥「私、言ってたでしょ？　あれね、でも、みんなにもあると思ってたの。その水晶宇宙。あたし。その当初。それでね、みんなに教えてあげなきゃって」

銀色「ハハハ」

鳥「そう思ってたんだよ。教えを説く、みたいな。それで、高校の友だちとか大学の友だちに、まあ～、よく、その話を」

銀色「みんななんて言ってた？」

鳥「そしたら、反応する人がだれもいないんだよ」

銀色「ハハハ」

鳥「ぶうじっていたでしょ？」

銀色「うん」

　ぶうじとは、鳥の同級生（男）で、私も数回会ったことがある。絵を描いていて、大きな青いたまごの絵をもらったことがある。

鳥「あの子だけ、なんか、ひとり反応してくれたんだけど」
銀色「どんな反応だったの？」
鳥「いや、あの子はなんか、えらく感動したみたいで、その話にさ。それどんなふうになってとか……、自分もすごくよく考えてみるとか言って。あの子は、それでしばらくして、よく考えてみたら、自分にはどうも……黒い世界があったようだって」
銀色「ハハハハ。なに？……黒い世界？」
鳥「あなたは水晶宇宙かもしれないけど、自分には黒い世界があったことに気がついたって、それを気づかせてくれてどうもありがとうって」
銀色「ふうん。……じゃあ水晶世界に気がついてからはさあ、けっこうもう、精神的にはよくなったの？」
鳥「ん？　いや、だけど、これに気がついたといっても、確かに私はここにいるけれども、外界との溝の深まりはぜんぜん変わってないし、だれに話してもみんな、ほら……。で、そのうちこういう大事なことは、あんまりみんなに話しちゃいけないんだと悟った。いくらか話したあとで」
銀色「うんうん」
鳥「これだ！　と思った人にしか話しちゃいけないことだって。エネルギーの消費になるばっかりだから。それに、こっちが傷つくしね」
銀色「うんうん。一生懸命言ってもね。言えば言うほどね」
鳥「だからもうやめようと思ってさ、その話はもう、ぴたっともうやめて。でも、あっちとこっちのあいだの溝がものすごく深くて、たまらなく孤独だから、もしかしたらこのまま気が狂うのかなって思って」
銀色「そのときのこっちの世界（水晶世界）はどういう世界なの？」
鳥「え？　こっちは落ち着いてるじゃない、もう。落ち着いて、すご〜く」
銀色「どういうものがあるの？　こっちの世界って。好きな方の世界って」
鳥「だからこっちはもう、水晶宇宙の中で、私の好きな、音楽とか、音とか、香りとか、詩とかでいっぱいなわけじゃない？」
銀色「うんうん」
鳥「こっちは」
銀色「人はいないの？」

鳥「いないの。ジャスミンおとこしか」

ジャスミンおとこ

銀色「最初に会ったとき、ジャスミンおとこの話、してたよね」
鳥「してたと思う」
銀色「ジャスミンおとこって、いつでてきたの?」
鳥「小さいころからいたんだよ」
銀色「そうだ。そう言ってたね、言ってた言ってた」
鳥「小さいころからず〜っといるんだけど、それってただの想像の人みたいに思ってるでしょ?」
銀色「(うん。思ってた。最初は)……。ジャスミンおとこは、おかあさんから聞いたわけじゃないんだよね。自分が見つけたんだよね」
鳥「そうそうそう」
銀色「どこに最初にでてきたの?」
鳥「だから、なんていうの……」

銀色「考えてたの？　ジャスミンおとこみたいな人がいたらいいのにって」
鳥「ううん。そうじゃなくて、だからほら、風とかがふいてきたりしたときに、『あ、ジャスミンおとこが、今、通りすぎて行った』みたいな、そんな感じだよ。でも最初から、ジャスミンおとこって名前をつけてたわけじゃなかったけど。あれが、あれが今、行った、とか……。街角とかを曲がったときに、あれが今いたんじゃないか、みたいな……」
銀色「言葉にはしてないけど、そんな感じはもう、ちっちゃいときからあったんだ」
鳥「そうそう。そうなの。それで、さっき言った、何か確かだと思えるものがひとつでもないかって苦しんでいたときに、思いついたのがこの人のことで」
銀色「うんうん」
鳥「ジャスミンおとこが現れたときだけが、特権的瞬間だったわけよ」
銀色「うん」
鳥「わかる？」
銀色「……高校生ぐらいだっけ。ジャスミンおとこって名前をつけたのは。いつだったの？」
鳥「ジャスミンおとこって名前をつけたのは、……ジャスミンおとこっていう本があったんだよね」

銀色「外国の？　昔の？」
鳥「ウニカ・チュルンっていう人が書いた。その人って、なんか、精神病だったみたいなんだけど、その人の本を読んだ時に、ぜんぜん違うんだけど、その人もそういう幻のおとこがいるっていう、そういう内容だったわけ」
銀色「あ、なんか、聞いたね、それ。もうむか〜し。その人も追い求めてるの？」
鳥「追い求めてるわけじゃないみたいなんだけど、べつに。その人も、あ、またあの人が来た、っていうふうな、……すっごく似てたの、それが」
銀色「うん」
鳥「それで、似てて、ああ〜って思って、その人がジャスミンおとこって呼んでたから、私もジャスミンおとこ、って呼ぶことにしたわけ」
銀色「ジャスミンおとこって、……結局、なんなんだっけ。駆け回ってんの？」
鳥「駆け回ってるんだけどね。出会いがしらにぶつかったり、むこうの方で飛んでいたり。最初は、あそこにいたとかここにいたとか、そういうふうにしかとらえられなかったんだけど、そのうち音楽のあるフレーズの中にいたり、だれかの目の中にいたりもするようになって、それである日、改めて気がついた。ジャスミンおとこは、自分の中にいるものなんだって。外界じゃなくて自分の中に。でもそれはあたり前だよね。ジャスミンおとこは水晶宇宙の住人なんだから」
銀色「……それで、落ち着いたの？」
鳥「……うん……落ち着いた……のかな……」
銀色「いつかこんなこと、言ってたよね。好きなものの足元を掘って掘って掘っていったら、結局、自分の足元にでてきたって」
鳥「そうそう。あんなに好きで、素晴らしい人が自分の中にいたんだってわかった」
銀色「うん」
鳥「それが、ひとつの、展開だよね」
銀色「うん」
鳥「で、ジャスミンおとこが自分の中にあった、っていうのでひとつ落ち着いて、ここで、ひとつ区切りがついたわけじゃない？　まず」
銀色「うん」
鳥「でもさあ、そうすると、自分の中で完結しちゃって。で、そうなったらまたさあ、たまらない……、とてつもない孤独になるわけで。自分と外界との溝は埋まってないわけ。それって」
銀色「うん」

鳥「それでまた、それを考えだしたら、今度はまたまた新しい展開があって、もしかして、……つまりジャスミンおとこって私だ、って思ってたんだけど」
銀色「違うかもって？」
鳥「うん」
銀色「なんだと思ったの？」
鳥「今度は、私じゃないのかも」
銀色「あ、その、私、っていう私がまた、あれじゃない？　何か、っていうと……」
鳥「そうなの」
銀色「何かな、って思うと」
鳥「そうなの。それは、もう私じゃなくてね、もう私を超えたものだったの」
銀色「そうそう。私、って、あってないようなもんだもんね」
鳥「そうなの。だから、それに気がついたわけ。今度は、もう、私は私じゃなくて、もうね……そこに私がなかったのよ」
銀色「うん」
鳥「ってことにまたまた突然気がついて」
銀色「うんうん」

鳥「そこでまたひとつ展開した。ところが、となったらいったいなんだろうって思ったのよ。ジャスミンおとこは何なのか？　私は何なのか？　私を超えた私って何なのか？　その時にさあ、ちょうどほら、宮沢賢治とか読んでたりしたじゃない」
銀色「うん」
鳥「宮沢賢治も、そういうことを考えてたのか考えてなかったのか知らないけどさあ」
テーブルの上のポットから紅茶をつぎたそうとしたら、
鳥「あったかくしようか？　それ」
銀色「うん」
鳥「(台所に向かいながら) 考えてたのか考えてなかったのか知らないけどさあ」
銀色「考えてたんじゃないの？」
鳥「(台所から) 去年だったか、おととしだったか、あなたに聞かなかった？」
銀色「ああ〜？　なんだっけ」
鳥「(ガスの火をつけながら) だいたい、みんなの幸福とかってありえるか、って。聞いたでしょう？」
銀色「えーっと、覚えてない」
鳥「聞いたでしょ」

銀色「覚えてない」
鳥「聞いたんだよ」
銀色「うん」
鳥「賢治がこう言ってたから。世界ぜんたい幸福にならないうちは個人の幸福はありえない、って言ったから。いったいね、みんながそろって幸福なんてね、あるのかって、そう聞いたんだよ」
銀色「そしたら?……そしたらじゃなくて、それで?」
鳥「そしたら、その時に、あなたもわかんなくて、でもいやな人をずーっとむいてったら、すごくいやな人もたくさんいるけれども、そのいやな人もいっぱいいっぱいむいてったら、芯のとこに残るものはきれいなものかもしれないって言ったんだよ」
銀色「ああ、思い出した。私は、そのとき、そう思ってたんだ」
鳥「で、私そのあとまた、つらつらと宮沢賢治のことを考えて、で、あの人がさあ、細胞、細胞、って言ってたのを思い出したわけ」

細胞

銀色「うん」
鳥「(テーブルに戻って）人ってさあ、細胞からできてるでしょ?」
銀色「うん」
鳥「その細胞って、みんな共通の、……人間がさるになって、さるからもっとたどって行って、いちばん最初に海からできたときのことを考えると、一個の細胞から、単細胞からできてるわけじゃない」
銀色「うん」
鳥「その単細胞は、海から生まれて、で、その海は、宇宙からできたわけでしょ?」
銀色「うん」
鳥「そう考えると、つまりもとのもとのもとをたどってったら、人間を作ってる細胞って、(また台所から声をはりあげて）宇宙からできているわけじゃない?」
銀色「うん」
鳥「……てことはよ。生物には共通の宇宙的先祖がいるってことで、……ってことはさあ、すごく、どんないやなやつにも、その共通のものがあってね、もしかして」
銀色「そうそう。だからさあ、同じものからできたってことだよね」
鳥「……それ」
銀色「同じものからできたってことは、いやな人もさ」
鳥「そうなの」
　ぱたぱたと、紅茶のおかわりを運んでくる。
銀色「ハハハ。なんであんないやなふうになっちゃったんだろう」
鳥「え？」
銀色「なんであんないやなふうになっちゃったんだろうね、いやな人たちって」
鳥「だからね、そのことも考えたのよ。そういう人たちって、……気がついてないっていうか、すごくさあ、干からびてるんじゃないのかなあ？　その細胞が」
銀色「うう〜む」
鳥「すっごく干からびてて、……きっとさあ、あの〜、……気がついてないんだよね。その細胞のこと」
銀色「たとえばさあ、木の枝分かれだとしたら、枝分かれしすぎて、枝のおおもとはいっしょだったっていうことを覚えてないわけじゃない？　みんな。忘れてるっていうか。そうすると、自分と人は違うって思っちゃうんだよね。となりの葉っぱを、となりの人を見て」
鳥「そうかもしれない。で、私はそれじゃないかと思ったの」
銀色「……どれが？」
鳥「ジャスミンおとこって」
銀色「……それって、……なにをさして？」
鳥「最初の」
銀色「まる？」
鳥「たいせつなもの」
銀色「細胞？　ちっちゃいの？」
鳥「うん。じゃないかなって、そう思ったんだよ」
銀色「うんうん」
鳥「それで、……芸術っていうのはきっとね。芸術っていうのは、それをあらわすことなんだろうなって」
銀色「ああ～。そうだよ。きっと」
鳥「ね」
銀色「だってさあ、結局、言葉じゃないものでしか、……なんていうの？　それを伝えるのってさあ、……その、それは形とかじゃないから、そのまわりを」
鳥「そうそう、そうなの」
銀色「まわりを。さわった輪郭のイメージでしか伝えられないんだよね。それで、いろいろ、みんな言ってるんじゃないの？　音にしたり」
鳥「そうそう。いろんな形で表現して、それで、ああー、って思うっていうのはね、そこに響くから、ああーって思うんで、だからウソとかはやっぱり……ウソのものは響いてこないし、干からびてる人は、よけい響かないだろうし」
銀色「じゃあ、私があれを好きなのはそれに関係するのかな。私が好きなものってね。あの、ほら、……自己相似性っていう、……シダの葉っぱとか、フィヨルドの形みたいに、同じ形が永遠に入ってる。ある一部分を拡大すると、同じ形があらわれて、それの一部を拡大すると、また同じ形で、っていう。とか、小さなまるいものが等間隔に、たくさんあるとか……。ずーっと永遠に、限りなくある……。
そのことを考えてると、すごく、気持ちがいいんだけど、私にとってはそれに通じると思う。なんか。ずーっともとをたどって行っても同じものが並んでるっていうの」
鳥「うん。あなたの場合、もとの細胞が変化して自己相似形になってて、それが、１００人の人を作っているんだと思う」

（私の中には100人の人がいるみたいなんだという話を前にしたことがあるので）
鳥「すっごくいやなやつとかいてさ、本当にそんなへんちくりんな人たちが、……信じられないよね、同じ細胞だったってことが」
銀色「いろんな人がいるよ。なんか、次から次へとでてくるんだけど、なんでだろうあれ」
鳥「わかんない」
銀色「増えてるのかな。でもいやな人ってさあ、離れられなくずっといると、いやじゃなくなることもあるよね」
鳥「そお？」
銀色「それは、なんか、何回か経験したことがあるような気がする。ちょっといやだなっていうような、けっこう苦手な人でも、ずっといなきゃいけない状況ってあるじゃない。時々。1年とか2年とか」
鳥「うんうん」
銀色「そうすると、最初はすっごくいやだったのに、だんだんいやじゃなくなったりすることがある。たま〜に。それを経験すると、意外と生きやすいのかなと思ったりするけど。そこまでいくとね」
鳥「私もあったな、1回。もうこんな人が世の中にいたのかって、もう本当にいやだったけど。……意外と情が厚いってことがわかって」
銀色「ふふ。そういうこと、あるよね」
鳥「そうなんだ〜とかって……」
銀色「でもだからといっていやな人がいなくなるわけじゃないしね。また次のがくるでしょ」
鳥「うん。すごいよね、ほんとに。……でも、いやな人と出会うのもしょうがないんだろうけど」
銀色「そうだね。あの方式で考えたら、……なんか、身につまされるとか、そういう方向に行くしかないんじゃないの？」
鳥「うん？」
銀色「だからさあ、もともとひとつだと思えば、それも、……まあ、しょうがないと。だって自分……とは思いたくないけど、それも大きく言ったら、自分だから」
鳥「そうなのよ。そう思えるのってすごいことだよね、でも」
銀色「だから、そう思えるようにって、みんな説いてるんじゃない？　昔の人とかはさ」
鳥「うん。そういうふうに言ってるのかな？」
銀色「そういうようなことも含めて言ってるような気がする」

鳥「そうだよね、きっと」

最初会ったころ

銀色「じゃあさ、最初会ったころ（二十歳《はたち》ぐらい）ってさ、水晶玉とジャスミンおとこの頃だったでしょ？」
鳥「うん。そうだった。それで、みんなに話をしてるさいちゅうだった。教えてあげようみたいな。私の発見を。とにかく、みんなもあるはずだからって」
銀色「たしかに確固たる感じだったよね。すっごく変な人って思った」
鳥「ほんと？」
銀色「だってあんまり変な人を見たことなかったから」
鳥「あ、そうなんだ。あなたも変だったよね、でも」
銀色「……私って、変だった？」
鳥「うん」
銀色「どんなふうに？　私はすごくふつうだと思ってたけど」
鳥「すっごく変だった」

銀色「どういうところが?」
鳥「あのね、なにしろね、その水晶玉の話をするとね。……たとえば、うんうんうんうんとか言って聞いてない人とか、あとは、何ですか? それ、わけわかんない、ぱーんって跳ね返ってくる人とかさ、一般的にはそういうのが多いんだけど、全然そういうのじゃなくて、なんていうのか、雲みたいな、白い、ひゅ〜って吸い込まれていくような感じ? なんにもなかったのかなあ、もしかして」
銀色「たぶん、初めて聞いたからだよ。知らない世界だったんだと思う。今も知らないけど」
鳥「跳ね返ってはこなくて、ひゅ〜ってそのまま吸い込まれていったような感じ」
銀色「……たぶん、あなたは私に教えてくれた人なんだよね。この分野を。だって、私は知らなかったじゃない、こういう世界。好きなのに。それを教えてくれたんだよね」
鳥「ホント……?……よかった」
銀色「教えられた人が、ここにひとりはいるよ。最初は、えっ! と思ったけど、……楽しかったんだよね、あのころ。なんだか」
鳥「おもしろかった」
銀色「あのアルバイト、すっごく忙しかったよね」喫茶店の。

鳥「あとで聞いたけど、あのときは本当に異常な雰囲気だったんだってね」
銀色「すごく人がいっぱいきたんだって。お客さんが」
鳥「そうなの？」
銀色「あんなにいっぱいくるってないんだって。すっごくお客さんがいっぱいきて大変だったんだって」
鳥「そうだったんだ」
銀色「だって、大変だったじゃない。たしかに」
鳥「大変だったよ」
銀色「おひるごはんとか、4時ごろに食べてたもんね」
鳥「店の中の雰囲気が異常だったんだって、あのとき。あなたと私がいたから」
銀色「え？　だれが言ってた？　お店の人が言ってた？」
鳥「うん。あとからね。私たちがいることで、すっごくね、店の雰囲気がね」
銀色「ハハハ。うそ」
鳥「ホント、ぜんぜん、それまでの、あのお〜」
銀色「あの店の感じとちがったんだ」
鳥「うん」

銀色「なんでだろうね」
鳥「わかんない。そこにしかいなかったから」
銀色「私はもうとにかく忙しかったということしか……。あの音楽ね。まだ覚えてる」
鳥「私も。まだ思い出すよ」
銀色「うん」
鳥「それで、あなたは、すごく、白くて、ふぉわ〜ってしてて、その……なんにもないっていう感じだった」
銀色「う〜ん」
鳥「すごく、もう、ふぉわ〜って。で、こんな人、見たことないなって私も思った。こんななんにもない、あったのかもしれないけど、こんな輪郭のない……こんな輪郭のない人って！」
銀色「アハハ」
鳥「あのさあ、なににでもなれそうな。そういうふうな感じがあったかな。なににでもなれそうっていう」
銀色「……だって急に、けっこう急に仲よくなったよね、あのときね」
鳥「あのとき、どんなふうだったの？」

銀色「わたしはふつうだったよ」
鳥「ん？　でもぜったいふつうじゃなかったんだよね。だって、そんな育ち方してるんだもん」
銀色「野原でっていうの？」
鳥「あのおかあさんに育てられて、野原で駆け回って」
銀色「でも私はけっこうさあ、み、見た目、ふつうだよね」
鳥「見た目は私もふつうだよ」
銀色「え！　見た目、ちょっと、ちが……う……（笑）」
鳥「見た目、違ってたよ」
銀色「それはそっちから見るからだよきっと」
鳥「……違ってた、ぜんぜん」
銀色「あなたは、なんかちょっと、……妖精っぽかったもんね。宙に浮いてた」
鳥「そりゃあ、そうかもしれない。……でも、あなたもじゅうぶん、今まで見たことない感じだった」
銀色「まあ、自分のことはわかんないよね」
鳥「とにかく、なんにもない人っていう、そんな感じ。……いい意味でだよ」

銀色「ククク。いい意味でしかとらえてないけど。ハハハ」
鳥「……あのさあ、私がそういうふうにあっちの世界とこっちの世界がどうのこうのってすごく、そういうことばっかり思ったりしてたから、余計にそう思ったのかもね」
銀色「私なんか、だって、そのころって……。私はいつも現実的じゃん。現実的な感じっていうか。そういう現実的なことを考えていたような気がする」
鳥「そうなのかな」
銀色「……いや、わ、わかんない（笑）」
鳥「でもなんか、変わった人を好きになったりしてたよね」
銀色「え？　だれ？　バイト仲間？……だれだろう……」
鳥「あの、なんか、やくざっぽいおじさんみたいな人」
銀色「ああ～！　なんで知ってるんだっけ。言った？」
鳥「こわいような人」
銀色「アハハハ。いや、こわくないんだけど、ぜんぜん。好きというより……気が合ってたんだよ」
　今ふりかえって思えば、今までの人生の中で、その人は私をいちばん愛してくれた気がする。愛するって、理屈ではなく情熱というか純粋なものだ。

鳥「あ、そうなの。ふうん」
銀色「それよりもそのころは、となりの男の子を好きだったじゃない、私。となりでバイトしてた男の子」
鳥「うん」
銀色「覚えてる？　あの子」
鳥「うん」
銀色「あのとき、すっごくかっこよく思えたんだけど。あの子のことが」
鳥「となりのおにいさんでしょ」
銀色「うん。年下のね」
鳥「年下だったっけ」
銀色「うん。1こ……2こ？　だって、高校生だった……卒業したばっかり」
鳥「上だと思ってた」
銀色「ふられたけど」
鳥「えっ！　好きだって言ったの？」
銀色「帰りにみんなでお茶飲みに行ったよね」
鳥「好きですって、言ったの？」

銀色「好きですとは言ってないけど、ドライブに行ったりしたことはあった、2、3回」
鳥「そうなんだ」
銀色「でも、私が京都に行った帰りにおみやげをたくさん買ってきて渡したら、どうもその気持ちが重かったのか、誘ってくれなくなっちゃった。すごく好きな顔だったんだよね〜」
鳥「そうなんだ。ふうん。つるっとした顔だったね」
銀色「そうだったっけ？　ちょっと悪っぽい感じだったよね。……人生に行き詰まってた。でさあ、同じ系列のとなりの店でバイトしてる女の子たちって、ちょっと大人っぽかったじゃない。若いけど、おねえさんっぽくて、お化粧も濃い感じで」
鳥「うん。はっきりよく覚えてないけど」
銀色「あっちの世界とわかれてたよね。こっちの世界」
鳥「わかれてた。やれやれっていう感じだったんじゃないの？　だから。大きい人とか小さい人とかいたでしょ？」
銀色「お店の？　チーフみたいな人？」
鳥「うん」
銀色「いたいた」
鳥「で、いっつもなんか注意されてたような気がした」

銀色「なんて？」
鳥「ほらほら次はお掃除。次はなんとか、って。なんかちょっと怖くなかった？」
銀色「おっきい人はちょっと怖かったような気がする。無口でぎょろっとした目で見てて」
鳥「ちいさい人も、なんかね。てきぱきてきぱき」
銀色「う〜ん。せこせこしてて」
鳥「せこせこしてて。……そう、でもあの頃、すっごくおもしろかったよ。本当に」
銀色「私、あの頃、あなたという人を知って、新しいおもしろいものに気づいたんだよ。最初は、うわあって思ったけど、それは知らなかったからそう思っただけで、よくわかってからは、これは真剣なんだ、ってわかってからは、目覚めさせられたんだよ、今まで閉まってたドアを、開けてもらったんだよね」
鳥「あなたっていろいろあるじゃない。キャベツの葉みたいに」
銀色「うん」
鳥「作ってるものも、詩とか写真とかいろいろあって。全部ちがうじゃない、なんか」
銀色「うん。いろいろいるからね。心の中に」
鳥「その中でもさあ、私がいちばん好きなのは、写真と、それからあの絵、なんだよね」
銀色「どの絵？　ちいさいやつ？」

鳥「幼稚園に描いた絵があるじゃない？　その中のさあ、鳥の、毛のはしっこのところとか、ああいうの描く人っていないから、あのときから、そういう部分で、すごく話があってたよね」
銀色「ああ〜(笑)、そうかも」
鳥「鳥の毛のところで。鳥の毛つながりみたいな」
銀色「ハハハ。どれだろう……黄色いの？」
鳥「黄色いの。……ちょっと変わってるでしょ？」
銀色「わかんない」
鳥「変わってるんだよ。それも、その……毛がさあ……毛の微妙なはねぐあいとか、そういうふうなところがいいですね、って言われたりしない？」
銀色「……ううん」
鳥「言われるでしょ？」
銀色「……ううん」

あなたです

銀色「そういえば、なんかさあ、大学に行ってるときにさ、だれか人が来たって言ってなかった？」
鳥「人？」
銀色「うん。急に男の人が学校の中に飛び込んできて、いたいたって言われたって、こんなところにいたって」
鳥「そう」
銀色「あれ、不思議な印象の話なんだけど」
鳥「知らない人に、でしょ？」
銀色「うん。なんて言われたの？」
鳥「あなたです、みたいに言われたんだよ」
銀色「なんで？　どんなふうに？」
鳥「いやあ、いきなり。ここにいたんですね！　あなたですね、みたいに」
銀色「ハハハハハ」

鳥「電車に乗ってて、学校のところでおりて」
銀色「電車の中で見つけられたのかな？　それとも気配で？」
鳥「そんで、あなたです、みたいな」
銀色「なにが？」
鳥「なんか、魂のなんとかって」
銀色「ハハハハ」
鳥「魂と魂の、なんか、つながりみたいな。とんでもないって思ったけど」
銀色「ハハハ。それ……」
鳥「宗教だったのかな、あれ」
銀色「違うと思う」
鳥「でも、あなたになら話ができると思いました、っていうのは、私、2、3回あるよ。全然知らない人から」
銀色「それは……。話したの？　それで」
鳥「ううん。だって、たいていそういう話だよ、そういうときって」
銀色「わけわかんないこと言うわけ？　相手が」
鳥「魂の琴線にふれました、みたいな」

銀色「ていうわけ？」
鳥「うん。話がわかるはずだ、って」
銀色「それでどうするの？　いいえ、って逃げてくるの？」
鳥「うん」
銀色「だいたいちょっと、……変な感じ？」
鳥「うん」
銀色「はははは」
鳥「何回かあったね」
銀色「やっぱ、ちょっと、なんか、でてるもんね」
鳥「いやあ〜」
銀色「ははは。ククク。……じゃあ、変な人に好かれたことはないの？　そういう、もうちょっと、そこまで変じゃなくても、もうちょっと会話できるぐらいだけど、変、っていう人に」
鳥「そりゃあ、あるよ……」
銀色「ははは。すっごくありそう」
鳥「でも、そういう中途半端な変人に好かれるとすっごくいやだよね。そんなことない？」

銀色「いや、私はそんなにはないし……」
鳥「すごく中途半端なわけ。なんていうのかな、変に、その……琴線っていうのが多いよね」
銀色「琴線にふれましたみたいなことを言う人が？」
鳥「そうそう。そういう人ってさ、相手が勝手に思ってるんだよね」
銀色「ああ……そういうのあるよね」
鳥「それでね、それがすごく中途半端なわけ。こっちは違うってわかってるのに、あっちが絶対そうだって言ったり、中途半端な共通点とかがあったりすると、たとえば、好きな本が同じだったり……あなたも好きですか、私も好きです、みたいな中途半端な共通点があると、もうほんとにややこしいっていうかさあ」
銀色「そうそう。そういう人ってそういう中途半端な共通点にしがみつくからね。運命みたいに思いこんで」
鳥「そう」
銀色「違うのに。そんなの好きな人なんていっぱいいるんだからさ。……だから思いこみの強い人って、本当に苦手」
鳥「私もやだ」

銀色「気持ち悪いっていうか。思いこみがない人がいいわ」
鳥「思いこみがあってもいいけど、害がないのがいい」
銀色「うん」
鳥「でも、宗教ってそんなもんなのかな。……私、そのへん歩いてても、話しかけられたりするんだけどさ。……キリスト教ってさ、あれってどう思う？」
銀色「キリスト教？」
鳥「うん」
銀色「私、だから、宗教はぜんぜん興味ないからさあ」
鳥「ねえ」
銀色「話されても困るけど。だって、私、自分で信じてるものがあるからさ。ハハハ」
鳥「私もそうなんだけど」
銀色「宗教っていうか、……だから、私、人が考えたものにまったく興味ないんだよ」
鳥「うん」
銀色「人が考えたルールに」
鳥「うん」
銀色「ほんと興味ない。悪いけど。じゃないや、悪くもなんともないよね、それは。そういう、人が考えたルールがいいと思う人は、それに従えばいいけど、私は自分のがあるからさ、ぜんぜん」
鳥「そうなの。私もそう思う。だからね、キリスト教の話とかもされて、もうあなたならわかると思うのって、なんか知らないけど、そう言われるんだけどさ。変なキリスト教じゃなくてね」
銀色「うん」
鳥「宗教っぽい顔してんのかな」
銀色「うん」
　してると思う。真実を見ているまなざし。
鳥「ふんふん言って聞くからかなあ」
銀色「ふんふんって聞くの？」
鳥「ふんふんっていうかね。苦しいことがあったときにね、信じてるものがあると、もうすごく、玉ねぎの皮をむいたみたいに明るくなれる、みたいな話をするわけよ。で、うんうんって言って」
銀色「ああ、それはそうですね、ってあいづちをうってあげてるんだ」
鳥「そうそう、あいづちをうってるの」

銀色「たしかにそうだもんね」
鳥「それで、『あのね、本当に本当の真理っていうのをもってると、なににも惑わされないの』って。そう言うのよ。その通りじゃん」
銀色「ハハハ」
鳥「だからさあ、うんうんって、そういうふうに言うの」
銀色「そうだよね」
鳥「うん。その通りだから。でもそれをわかる人はね、そんなにいないのよ、って言うから、『わたし、わかる』って言うわねえ」
銀色「ハハハハ」
鳥「そしたらさ、そしたら、へえっ？　って驚くわけ、すごく。で、『でもそれって、キリスト教に限らないですよね。本当の真理』って言ったの」
銀色「うん」
鳥「そしたら、いや違うって言うの。そうじゃなくて、唯一絶対神こそ真の真理なんだって。でもさあ、いっしょだよね、きっと」
銀色「でも一個の宗教に頭からはいってる人はね、もうそれしか信じてないから」
鳥「宗教って言ったら怒ったけどね。私が宗教宗教って言ったら。だめ、信仰って言って」

銀色「そうか」
鳥「そういうの信じてて、ぜんぜんいいんだけどね」
銀色「勧誘しなきゃいいのにね」
鳥「その人は勧誘してるわけじゃなかったと思うんだけど」
銀色「しゃべりたかったのかな」
鳥「きっと私が悩み深く見えたんだと思う」
銀色「……気持ちいいんじゃない？　その人たち。そういう話をするのって。……あ、アハハ。あの水晶玉の話といっしょでさ。ククク」
鳥「ちがう、あれは、苦しかったの！」
銀色「ハハハ」
鳥「ほんとにね、義務みたいにね、みんなに教えてあげようっていうすごくやさしいさあ、ケチじゃない精神からね、言ってあげていたのに。しあわせになるための方法を教えてあげてんのにさあ。みんながあんなに無関心だと。パパ（夫）にもその当時、ずうーっと話してたんだけどぜんぜんわからなかったって、やっぱり」
銀色「今は？」
鳥「わかんないっていうか、頭でだけわかってる」

銀色「ああ」
鳥「そういうのがあるっていうのは、頭では理解できるけどって」
銀色「でも別に共感しなくてもいい話なんでしょ？」
鳥「うん。でも、あなたは近いよね、わりと」
銀色「近いというか……、近いかなあ？　私は、私たちはそれぞれ別の世界にいると思ってるんだけど、話は通じるところがあるよね。なんていうか、それぞれの世界にいるんだけど、使ってる言葉の意味をイメージできるというか」
鳥「……不思議な関係だね。やっぱり鳥の毛つながりかも」
銀色「……どうやって町の人とつきあってるの？」

町の人

鳥「……町、の人？」
銀色「うん」
鳥「……しゃべるよ、ふつうに」
銀色「ふつうに？　趣味はなに？　とか聞かれたら、なんて言うの？」

鳥「本を読んだりとか、書いたりするのが好きです、とか、まあそういうふうに言うけどさ」
銀色「そしたら、どんな本って聞かれたりしない？　どんなこと書いてるの？　とか」
鳥「うん。聞かれるよ」
銀色「そしたらどうするの？　だんだんだんだんあやふやにしていくの？」
鳥「そうすると、気に入った人だったら、わりといい人だったら、読む場合にはこういうのが好きです、ああいうのが好きですとかって。でもどんなのを書いてますっていうのはさ、絶対、言わない」
銀色「ハハハ」
鳥「もうなんか、混乱するから。長くなるし、話が。言わない。ふふ、って笑うの。だってジャスミンおとこのことだから」
銀色「そうだよね、だって、別に相手も、そんなにそこを知りたいってわけじゃないかもしれないもんね。本当のことを言ったら驚くかもしれないし」
鳥「……あなたこそ、子どものおかあさんとかと、どうやってしゃべってるの？　わたし、ぜんぜん想像できないんだけど」
銀色「しゃべってるよ」

鳥「ふつうに？」
銀色「うん。ふつうにっていうか。……こう……状況によっては、時々、吐きたくなる時があるけど。ハハハ。まあ、だいたいふつうに……。わたし、新しい環境にはいると、だいたい1年ぐらいは、そこの環境を知るためにいろいろと調べるのが……性分なんだと思う」
鳥「うん」
銀色「森の探検みたいに。最初は、ばーっといろいろね、1回はとにかくすべてを試して、いやなこともやってみる、わかんないものは噛《か》んでみる、みたいな感じでやるの」
鳥「うん」
銀色「で、ああ、だいたいわかったな、と思うと、もうそういう情熱も消えて、また話もそんな、お互いおもしろくもないし、緊張することもないなっていうこともわかって、そしたらまたおとなしく、静かに、貝が身をひそめるようになる。気の合う人がいたら、その人と、ときたま短く会ったりしながら」
鳥「ふうん」
銀色「でもとりあえず最初は、ばーっと、人でもさあ、1回、見る。全部。どんな人がいるかなとか」
鳥「うんうんうん。そうだよね」

銀色「その過程がちょっと苦しいの。ちょっと、ほら、自分をちょっともりたてて、つきあったりする。自分らしさをださないで」
鳥「そうだよ。もりたててつきあわなきゃいけないでしょ」
銀色「自分らしさをださないで、ちょっと力を入れて、が続くのは苦しいんだよね。それが終わったら落ち着くからさ。落ち着いてから、前の状態を求めて来られたらすっごいさあ……。今、目の前のものを見てくれる人ならいいんだけど。幻想にしがみつくタイプの人だとちょっとね。過去のなにかを求める。きのうも、そういう人がひとり来てさ」
鳥「ククッ」
銀色「前の私だったの、その人が会いに来たのが」
鳥「前の私。ふふふ」
銀色「前の私と懐かしい話を前のようにしたい、みたいな。いい人なんだけど。涙ぐんでるの」
鳥「前、知ってた人？」
銀色「前知ってた人。いい人なんだけどさ、頼る……、なんか私に頼ってるみたいな、懐かしい話をしたい、あのころの思い出話をしたい。あなたは、あの頃のことを知ってるでしょ、慰めて、みたいだった。私は、懐かしい話なんてしたくないし、それはもうあそこにしかなくて、今はここにいる私たちで話したいから。だからあんまりしなかったんだけど」
鳥「ふうん」
銀色「だから最初は私さ、一緒に、しちゃうんだよね」
鳥「懐かしい話を？」
銀色「ううん。その、なんか、……こう……相手が望むことを」
鳥「そりゃあ、するよね」
銀色「最初は、その人に合わせるというか、合わせない理由がないじゃん。なにしろ、この人はどんな人？　って興味深く知ろうとしてて、そういう時は自分をなくして、相手をすべて感じるみたいにするから。好きでやってるんだから。それを、苦労を共にした仲間みたいに懐かしく来られても、別にあれは苦労じゃないし。……人に親切にすると、いい人だって勘違いする人がいるよね。そういう……悪気はないんだけど、依存的傾向のある人に、いい人って思われたら、ちょっと大変。でも、……どうなんだろう、っていうことは、私って冷たいのかな」
鳥「わたしも自分のことを時々そう思うんだけど」
銀色「ハハハ。いや、わたしもね、ここで言い訳というか、説明をしたい気持ちが湧きあがってくるんだけど、うまく説明できないいんだよね。冷たいわけじゃないと思うんだよ」

鳥「冷たいわけじゃないんだよ。……でも、冷たいかも。そういう性《さが》。観察者。こよなく人間てものを愛してるんだとは思うけれど」
銀色「うん。人は好きだし。正直なんだよ。たぶん。自分の気持ちをあらわすことに関して。でも研究してるとかって言うと。……私、けっこう、自分で自分のことね、冷たい人って思われるような言葉を発することがある、のを反省しよう。直さなくちゃ。みんながそう思いこんじゃうから」
鳥「研究とかっていう言葉？」
銀色「いや、もっと……。時々私ね、自分の点数が低くなるようなことを自分で言ってるような気がするんだよね。点数っていうか、あえて悪く思われるような、偽悪的なこと。なのにみんな、うなずいてるし。違うんだよ、これ、悪ぶってるの、謙遜してるの、って、言えないし。……もっとうまく言ったらいいのかな」
鳥「わたしも、もっとうまく言えたら、ホントに……」
銀色「なんで？　言えてないの？」
鳥「言えてないんじゃないかなあ……。でも、べつにいいんだけど。めんどくさくて。説明が長くなるから、だから」
銀色「人が、きょとんとするようなこと言うでしょ？　きっと」

鳥「べつに、きょとんとするようなこと、べつに、自分ではぜんぜん」
銀色「でも、相手からはちょっと、あ、どういう……どういう意味かなって思ってるような顔、されない？」
鳥「どうだろう……。わかんない。そうかなあ。ちゃんと、でも、いちおう、ふつうにしゃべったりするけど」
銀色「だから、見てると私は、おもしろいんだよね、きっとそれ」
鳥「その様子を外から見たらでしょ？」
銀色「うん。フフッ。でもけっこうさあ、意外に、妖精とかって私なんか言ってるけど、……肝がすわってるよね」
鳥「肝？……わかんない」
銀色「見据えてるというか。最初会った頃、見た目が天使みたいだから夢見がちなお嬢さんみたいに思われそうな感じだったでしょ？　でも、実は、夢見がちじゃなく、とんでもなく現実的なんだよね、ホントは。ただ、その現実が、人から見たら幻想的に思えるあっちの世界だから間違われるとは思うけど。私、それがわかった時に、本当にハッとしたんだよ。驚愕したってぐらい。実はとっても落ち着いてるよね」
鳥「そうかなあ」

銀色「うん」
鳥「おたおたしてたりするよ」
銀色「そお？」
鳥「おたおたは、いっつもしてる。現実生活に対して不器用だし」
銀色「ふうん」
鳥「ひとつには。それから、あとになって、はあー！　こう言ったらよかったー」
銀色「それはでも、わたしもあるけど、すごく」
鳥「からまわりからまわり。で、特に、たくさんの人がいると、……」
銀色「へんなこと言っちゃうの？」
鳥「へんなこと言う。……へんな例もだす」
銀色「どんなこと？」
鳥「うん？　いきなりイメージだけで、『みんな、箱にはいってるでしょ？』とか、そういうこと言っちゃうから。『みんな、自分で自分を縛って型にはめてますよね？』と言わなきゃいけないところを」
銀色「ふんふんふん」
鳥「だから、わからないんじゃない？　きっと。それでおしまいにしちゃうから。説明はぬきにして。そうするときっとさ、んん？　って思うだろうなあって思うんだけど。で、あとから、ああーもっとこういうふうに言ったらわかりやすかったかなと思うんだけど。……うまく言えないことがあるよね。でも、練習したらね」
銀色「うん。練習したらうまくなるだろうけど、練習、したい？」
鳥「ううん」
銀色「うん（笑）」
鳥「そういうふうにしなきゃいけない状況でもないしね。話をしなきゃいけない仕事だったらそうかもしれないけど」

契約結婚

銀色「結婚するとき、契約結婚がなんとかって」
鳥「そう、うち、契約結婚なの」
銀色「ジャスミンおとこがあらわれたら、そっちに行っちゃうからって言って結婚したんだっけ」
鳥「そうだよ。だから、結婚を、しようかしまいかって思ってた時に、どうしようどうしようってずっと思ってたから、私が。そしたら、じゃあ、ジャスミンおとこがあらわれるまでいいって言ったから、結婚したわけ」
銀色「なんでどうしようどうしようって思ってたの？　あらわれるかもしれないから？」
鳥「ううん。じゃなくて、ジャスミンおとことじゃないと結婚できないと思ってたからだよ。その人は、現実の世界の代表の人みたいな人で、ジャスミンおとこじゃないのに結婚したらいけないと思ってたから」
銀色「うん」
鳥「そのときまで、っていう」
銀色「うん。……でも、ここまで生きてこれたのもさあ、そのパパのおかげだよね」
鳥「うん。それはそうだと思う」
銀色「これは生まれる前から……決まってたと思うよ」
鳥「そうかなあ」
銀色「うん。だってパパがいなかったら、大変だったと思うよ」
鳥「そりゃそうかもしれない」
銀色「よくそんな人がいっしょに生まれてくれたよね。わりと近くに。生まれながらの側近っていうか……。あらゆる役をひきうけてくれる人なんじゃないの？……話したことないから、勝手なイメージだけど」
鳥「なんでもできるし、いい人なんだけど。でもさあ、……いっしょに放浪の旅にでられるような人だったらよかったのにとか、いっしょにペガサスの話ができる人だったらよかったのに、とかさ。ときどきそう思う。……私が不機嫌な時の、対処の仕方をうまくしらないんだよね」
銀色「ハハハ。わかる。それ、大事なとこだよね」
鳥「不機嫌なときに、どういうふうにしたら機嫌がよくなるかってのが、いまひとつわかってなくて。こんなに長くいっしょにいるのに」
銀色「どうしたらいいの？　あの話をすればいいんだよね？　あの巻き毛の」
鳥「そうそう、そうなのそうなの」
銀色「あの毛の先っぽの、巻きのぐあいが、とか」
鳥「そうそう」
銀色「ひとこと言ってくれればねえ、すっかり機嫌もなおるのに」
鳥「こんなことわかってる人、あなたと、うちのむすめぐらいしかいないわよ」
銀色「ハハハ」
鳥「ホントに。巻き毛の話をしたら、いっぺんで機嫌がよくなるのに、私はね、そういうことを言ってほしいんだけれど、絶対、無理みたいでさ。そこんとこは、いつまでたっても」
銀色「ふうん」
鳥「一度ひどいけんかをした後に、じゃあ、おわびとしてひとつおもしろいお話をつくるからって、自分で言ったんだよ。でもそれだってさあ、すっごく期待してたらさ、なんか、3行ぐらい作って、……終わりになってたけど。……しょうがないね、だけど。パパのおかげで生きてるとも言えるし」
銀色「そうだよ。そう思うよ、私は」
鳥「ホントにね」
銀色「いのち綱だと思った方が」
鳥「いやホントに。でもあなたの結婚もね……。このあいだのいぬのはなしを聞いたときにさあ、本当に笑ってさ、おかしくっておかしくってさあ、もう」
いぬのはなし……ミニチュアダックスとチワワを飼ったエピソード。いぬを飼っても、結局は、手放すことになるという。
銀色「ハハハ。え？　どこがおかしかった？」
鳥「だってー、そうなると思ったもん、だって」
銀色「やっぱり？」

鳥「だってそっくりだったじゃない。ふたり目の人と結婚するときもさ、ああいう顔をして、ああいう言い方をして結婚したんだよ、だって」
銀色「……あ、そう？」
鳥「わたしに、いぬの写真、見せてくれたでしょ？」
銀色「うん」
鳥「でさ、いぬ飼っちゃったんだ、ってそういうふうに言ってたけど、その言い方がさあ」
銀色「ハハハハ」
鳥「ふたり目の人と結婚する時のさ、言い方と同じだったの」
銀色「だからおんなじなんだよ」
鳥「うん」
銀色「ね」
鳥「そうだろうなあって。そう思った。だってそうだと思う。……試さないとわからないから」
銀色「……そしたらわたしさあ、わたしにはでてくるかなあ。精神的な話ができる人」
鳥「いやあー。……でてくるといいよねえ。そしたらわたしも仲間にいれてもらいたいわ。友だちだったらできるんじゃない？　そういう人。いない？」

銀色「え、あたし？　精神的な話ができる人？」
鳥「うん。精神的っていうか……」
銀色「…………」
鳥「…………」
銀色「ちょっとまって、わたしって今、なにを求めてるんだろう……」
鳥「ははは」
銀色「今、頭の中がからっぽになっちゃった。……私の場合はね、そっちの世界とは違うんだけど、私の場合はあれだよ、やっぱり、思ってることを伝えることをしたくて、そのときの仕事仲間だよね。たぶん。それがいちばんわくわくして楽しいからさ」
鳥「刺激になる人でしょ？」
銀色「いっしょに働ける人」
鳥「だから刺激になる人でしょ」
銀色「刺激なのかな、それ。だから、目的がいっしょで、その人もいっしょにやれる人」
鳥「そりゃあいいよ〜」
銀色「それがいちばんかな」
鳥「いるんじゃないか？……それっていちばんいいよね」

銀色「ていうか、もうね、まあ、いなくてもいいんだ」
鳥「ぜんぜん平気だよね、ひとりでね」
銀色「うん……うん」
鳥「でもぜんぜん、そういう感じの人に、出会わなかった？」
銀色「出会ってないと思う。ひとりも」
鳥「でも、けっこういろんな人と出会う機会っていうのは、多いんじゃないの？　すごく」
銀色「多いようで、あんまりないんだよね、実は。だってほら、人と会うのが好きじゃないから。知らない人と会うのが好きじゃなかったりすると、けっこう、そんなにない。見ないしね、人を。見ないようにして、行動するし」
鳥「見ないってどういうこと？」
銀色「人の顔とか。顔を見ない……、……うん、人の方を見ないようにしてる（笑）」
鳥「見ないようにしてるの？」
銀色「うん。……そうすると、自然に、会う機会が少ないじゃん」
鳥「目を合わさないってこと？」
銀色「うん。……目を合わす？」
鳥「だれと？」

銀色「ふふっ。街とかで」
鳥「合わさない」
銀色「どこ見てる？　人がいるときって」
鳥「わたしは、あたしのことを知らずに、みんなが通ってたり、しゃべってるのを見たりするのが好き」
銀色「ふうん」
鳥「どんな顔してるかとか……」
銀色「相手は知らないけど、こっちは見てるのが好きなんだ」
鳥「うん。だから、バルコニーの上から、みんなのことを見てるのが好き」
銀色「ああ〜。私はそれ、好きかなあ……好きじゃないかなあ……」
鳥「その人がこっちを向くんじゃなくて」
銀色「うん……。私は意外とそれは好きじゃないかもしれない」
鳥「ほんと？」
銀色「私はね、興味のある人がなんかするのを、見てるのは好きだと思う。もともと興味がある人」
鳥「それはそうだよ、私だって。興味のある人がなにをするのか」

銀色「だれでもそうか！　ハハハ」
鳥「うん。……でもさあ、あれだよね。私たちの大きな違いって、あなたはすっごく、人に興味があるよね」
銀色「うん。……そうなのかな」
鳥「わたしは、そうでもない」
銀色「うん」
鳥「人に興味があるよね」

人に興味

銀色「……うん。個人個人には興味はないんだけど、……人の、人の心にね」
鳥「こころ？」
銀色「見るのが好きなのかもしれない。……かかわるのはあんまり好きじゃないんだよ。大きく影響を与えあうみたいな、この人がいないと、とか、そういう関係はあんまり好きじゃないみたい。……あ、この人の、こういうところがちょっとおもしろいなって思ったりすると、それを、見に行くのが好きなの。そして、どんなふうにおもしろくて、どんなふうなことを言ってるかっていうのを見て、他の人に伝えたりすることが好きなの」
鳥「うんうん」
銀色「その人の魅力を人に伝えるのが好き。そして、そうすることで、他の人の気を晴らすようなことが」
鳥「ふうん。でも、その人のこと、好きだからでしょ？」
銀色「うん……」
鳥「ある言い方をしたら、好きってことだよね？」
銀色「うん。なぜ好きかって、自分で考えて」
鳥「なんで好きかっていうと、自分の中にあるからだよ」
銀色「……そうかもね。だから、ハハハ、自分のことを言ってるようなものかも知れないんだけど。……そっか、そうだよね。でもそれが楽しいんだよね。そういうことを考えたり書いたりしてるときが」

かえる池

鳥「かえる池ってところがあるんだけど、もちょっと先のところにね」
銀色「かえる池？」
鳥「かえる池って名まえをつけたんだけど、わたしと娘とでね。で、そこにすわってたらさあ、自転車で通ってく農作業のおじさんとかがさあ、ウサギみたいなの、その人」
銀色「うん」
鳥「その人がさあ、ここいいとこでしょう？　とかいいながら、さーっと通りすぎて行ったら、ああー、なんか生きててよかったなーって」
銀色「うん。それは、でもあるよ」
鳥「そういう時がある。そういうときって、すごく人のこと好きだなあって」
銀色「うんうん」
鳥「ていうか、あの人がいい人なのかね」
銀色「あの人がいいんだよ。あるある、それは」
鳥「そういうかかわり方はすごく、うれしいなあって思うんだけど」

↑鳥がかいてくれた
イラスト

銀色「……それは、なんか、あの……ちょっと、一体感に近いやつじゃないの？　時が止まるとか、境目がなくなるとか」

鳥「どうなんだろう」

銀色「それっぽい気がするんだけど。その瞬間」

鳥「それとか、屋台のね、今川焼きみたいなのを売ってるおばさんがさあ、なんかすごく親切に、今川焼きをくれて、すごく寒い時だったんだけど、もう、早く帰んなさいよって、すごいわたしが小さいときなんだけど、言ってくれたそのおばさんのことをずうっと覚えてるとかさ」

銀色「うん。……ふうん。……うん」

鳥「それとか、一心不乱にね、コープでね、カートを整理する人っているじゃない？」

銀色「うん」

鳥「ものすごく一生懸命やってるおじさんがいるわけ。いっつもその人が、本当にもう、一生懸命仕事をしていて、で、その人が時たまちょっと休憩して、ほ〜って空を見てるのを発見したときとかさ、なんかそういう時って」

銀色「私もある」

鳥「なんかいいなあって。人も、悪くないなあ〜みたいな」

銀色「うん。でもそれってさあ、『今を生きてる』んじゃないの？　その時って。自分がなんでもないものになって、ただ生きてることを実感してる……」
鳥「そうなのかな。……今を生きろ、って、ほら、辻《つじ》先生がいつも言ってたけどさあ。辻邦《くに》生《お》氏が」
銀色「みんな結局、そういうことを言ってるんだよね。そのことの重要さ。世の先輩たちって」
鳥「そうじゃない？　だって、それしか、今を生きるしか、時を永遠化することはできないから」
銀色「……ふうん」
鳥「だから、ちょっとしたことでも、すべてを深く感じて、苦しかったり、嫌なことも、全部感じて生きろとかって、辻氏は」
銀色「言ってた？」
鳥「わたし、あの人のこと、すごく好きだったじゃない？　で、ごはん食べたりとかさ、してもらってたときに……」
銀色「なんで知り合ったんだっけ。大学のとき？」
鳥「うん。だってすごく本が好きだったから。そのとき、学習院の先生をしてたの。辻先生は。で、そのことを知って、わたし、行ったの。そこに。ひまわり持って、むぎわら帽子をかぶってったの、夏だったから」
銀色「うん。ククク ッ」
鳥「それでさあ、もういきなりだったんだけど、学習院の教官室に入っていって、先生のことが好きなんです、なんていきなり」
銀色「クククク」
鳥「もう、ホント好きだったから。今もそうだけど、本当に好きな人やことに対しては、迷いはないわけ」
銀色「うんうん」
鳥「で、そういうふうにして行ったらさ、わあってものすごくおどろいて、で、すごくロマンティストな人だから、ひまわりの妖精がきたと思った、とかって」
銀色「うん」
鳥「歓迎してくれたの。……そう、それから、手紙出したり、あと、会って話をしたり」
銀色「どんな話をしたの？　哲学的な話？　むずかしい話？」
鳥「むずかしい話してたような。でもわたしはほら、もう夢中でね、顔見てるだけで」
銀色「フフッ」

鳥「ふふ。六十……だったけど、その当時。もう顔見てるだけで、胸がいっぱいって感じ？」
銀色「へぇーっ」
鳥「でね。先生は自分が貧乏だったときの話とか、するわけ」
銀色「うん」
鳥「そういうときはもう、本当におなかが空いてね、庭の石ころがじゃがいもに見えましたなんて、そういう話とか、お店から出て、雲が動いてると、ほら、見て御覧なさい、雲が、流れていきますね、なんてさ、そういうこと言う人、いないでしょ？」
銀色「ほお……」
鳥「で、わたしはもう、うっとりして」
銀色「へぇーっ」
鳥「そう。……だから、結婚するときも、辻先生に聞いたんだよね。……あのお、これこれこんなふうですけど、どうでしょうね、って。……でも相手の人がジャスミンおとこじゃないから迷っています、って……。あの人わたしのこと、水晶玉おじょうさんって呼んでたんだけど、『水晶玉おじょうさん、ジャスミンおとこじゃなくても、どうでしょう、ここらでひとつ、生活してみてはどうですか？』って」

銀色「ハハハハ」

鳥「……ていう手紙がきて。で、会ったときに、その人はどういう人ですか？　って言うから、まあ、いろいろ話して、あ、そういえば、いちばん最初に先生の『回廊にて』っていう本を、高校生のときに紹介してくれたのは、その人です、って言ったら、……それは、いけるかもしれません、って」

銀色「ハハハハ」

鳥「生活してみるといいと思います、ってそういうふうに言った。生きてみてください、って」

銀色「ふうん」

鳥「それで背中おされてね」

銀色「ああ、そうなんだ」

鳥「うん。ふふふ」

銀色「ははは」

鳥「そういう人もいるけどね」

銀色「いたじゃん」

鳥「うん、いたよ。そりゃ。もう亡くなっちゃったけど。わたし、好きな人、死んだ人ばっかりなの」
銀色「ほかにだれ？　昔の人？」
鳥「うん。宮沢賢治、稲垣足穂《いながきたるほ》、尾崎翠《おさきみどり》……」

自分族

銀色「子育ての話を聞いてて、私がおもしろかったのは、子どもが幼稚園か学校に行き始めて、ことばをおぼえてきたのがすごくいやだったって言ってたじゃない？」
鳥「あ、そうか」
銀色「いくつぐらいのとき？」
鳥「上の子が、ちっちゃいときでしょ？　幼稚園ぐらいかな、ことばをおぼえてくるじゃない？」
銀色「うん」
鳥「でも、なんにもない、いちばん最初のところが、いちばんいいと思ってたから」
銀色「おぼえさせないようにしてたんでしょ？　おぼえなきゃいい、って思ってたんでしょ」

鳥「うん。おぼえなきゃいいと思ってて、もう、余計な知識はいれたくないって。いちばんいい、せっかくのものを汚される、ってそんなふうに思ってたから。なんかほら、ひらがなとかおぼえだすとさ、嫌じゃない？　だって概念を教えることになるから。概念は自由な発想のさまたげになる……と思って」
銀色「うん」
鳥「でもしょうがないよね、だって。……まあ、それでいいこともあるしね、本とか読めるようになるし」
銀色「うん」
鳥「……でも、ホ〜ントむずかしいよ、子育てって」
銀色「その方式で育てようとしたんでしょ？」
鳥「でも、その方式で育てられないじゃん、なかなか。そんなさあ、文字、おぼえなくてよろしい！　みたいにさ。……すごくむずかしい」
銀色「そこがあれだね、きっと、いちばんの訓練だね」
鳥「うん？」
銀色「それを勉強するために……そのむずかしい子育て」
鳥「わたし、今ならもっと上手にできるような気がする」

銀色「ふ〜ん。……他には、どんなふうに育ててたの？」
鳥「どんなふうに？……だから、わたしはさ、自分がそんなふうにしてきたから、教えてあげようじゃないけれども」
銀色「うん」
鳥「あれ、自分の子どもっていうのはまた別物なのかな？　それとも、無垢だから、って思うのか、なんなのかわからないけどさ、教えてあげようって気持ちになっちゃったのよ、また」
銀色「うん」
鳥「自分の知ってることとか、いいと思うことを、教えてあげようとかって思うじゃん」
銀色「うんうん。思う。思うと思うよ」
鳥「思うよね、自然な話。だから、すっごく好きなことを、なんでもいいからひとつやったらいいとか、そういうことを言ってたら、上の子はそれがいやだったみたいで。なんでも好きなことやっていいって、……そしたら、好きなことがなかったらどうするのかみたいな……そんなふうで、下はほら、私のいうことに疑問ももたず」
銀色「うんうん」
鳥「話し相手を作ったわけだからさ。わたし、なんかもう、他に話す人がいなかったから」

銀色「そうだよね。自分族がいないから、ひとりだったよね」
鳥「自分族！　すっごくいい言葉。……自分族がいないから、とにかく……」
銀色「まず、その自分語から教え込んだんだよね。その言語をしゃべる人、いなかったもんね〜。で、上の男の子は、ちょっと、その自分族にひっぱりこもうとしたけど、違ったんだよね」
鳥「ひっぱりこめなかった」
ポピー（犬）「ワン！」
鳥「でもそれってやっぱり『箱に入れよう』ってことだったんだわね、ある意味」

将来何に

鳥「そういえば、うちの子たちが言うにはね。今ってさ、小さいときから、将来何になりたいですかとか、あなたは何の職業に向いてます、なんてやったりするんだって」
銀色「ふうん」
鳥「分析したりとか。これこれこれになるために、こういうふうな勉強をして、こういうふうな資格をとってとかさ、すんごい小さい頃から、中学……もう高校生になったら、そういうの前提にやらないといけないみたいで、大学も細分化されてさ」
銀色「だってそんなの、やりたいことが、子どものときからわかる人の方が少ないよね」
鳥「そうだよ。そんなのわかる人の方が少ないし、どう変わっていくかもわかんないじゃない」
銀色「うん」
鳥「それに、そういうふうに具体的にね、これこれこういうふうにするには、こういうふうにして、こういうふうにして、とかっていうのはさ、なんか、大事なことを忘れてるような気がしない？　それこそそれもまた箱におしこめるっていう」
銀色「ちょっと野暮っていうかね」
鳥「そうそうそう。あんなに次から次へと選ばせてたら、ぼんやりできないよね。抽象的なこと、考えられなくなると思う」

カウンセリング

銀色「ねえ、前さ、1回、カウンセリングに行ったって言ってたでしょ？」
鳥「うん」

銀色「すごいいやだったって言ってたじゃん。どんなふうにいやだったの？」
鳥「悩みごとがあって行ったんだけど、その原因が、わたしの育てられ方にあるっていうわけ。でさ、あなたは親にどういうふうに育てられたか、って聞くの」
銀色「うん」
鳥「でね、あなたは子どものころすっごくいやなことがあったはずだ、って、そう言うわけよ。絶対、いやなことがあって、それがトラウマになってて、それがすべてに響いてるみたいなことを言うわけ。どんないやなことがあったか、さあ、思い出せ！って」
銀色「ハハハ」
鳥「そんな感じなのよ。そういうふうに言われるとさ、まあこんなふうなことがあったかな、っていろいろさ、思い出したりするじゃない？」
銀色「うん」
鳥「で、思い出したら、『じゃあ、私がその時のお母さんの役になりますから、あなたはその時のあなたになって、もう一回やってみましょう、それを』とかって、そのトラウマとやらを乗り越えるためにさあ。そんなことをやったら、ものすごく気分が悪くなって、もう冗談じゃないと思ったの、それで」
銀色「わかるわかる」

鳥「1回やったんだけど、ホントに気持ちが悪くて、このあとずっとね、先祖にさかのぼっていきますって言うから、そんな、どうやって先祖にさかのぼるんだろうと思ってさ」
銀色「私も、前さ、前世療法のとき、ものすごく気持ち悪かったの」
鳥「なに？　前世療法って」
銀色「催眠術みたいなので過去に帰って、子どものころから、前世にまでさかのぼるっていうのを、二日間かけてやるやつに行ったの。で、最初に、子どものころに帰るっていうのをやったんだけど、それで、おかあさんとかおとうさんを思い出せっていうわけ、一番印象的な場面を思い出してくださいって言うの」
鳥「うん」
銀色「おかあさんとの思い出を言わされて、そのおかあさんの、子どものころの様子を想像して、それを抱きしめてくださいって言うわけよ。うわあっ、気持ちわるっ、て思って」
鳥「抱きしめてって、想像の中で？」
銀色「うん。子どものころのおかあさんをね。なんか、イメージして。で、おかあさんを抱きしめて、っていわれてさあ、……なんで、あのしげちゃんを、って思って、うえーって吐きたくなったんだけど、吐くこともできないし」
鳥「ウフフ」

銀色「だま〜って我慢して、いいなりになってたの。いいなりっていうかさ、いやそうに小声で返事してたわけよ。で、それを何時間もさせられて、ものすごくいやだったの。本当にいやだったのよ」

鳥「いやだよ」

銀色「もう、逃げ出したくなるぐらい、いやで、いやでいやでいやでいやでたまんなくいやだったんだけど、あんな感じじゃない？　ちょっと」

鳥「うん」

銀色「ふふふ」

鳥「で、それはどうだったわけ？　結局。どこまでいったの？」

銀色「それは、もしうまくいったら、1日目に自分の生まれたところまでいって、2日目に自分の前世にもどって、そして、自分が生まれた理由を知るとか、そういうようなのだったんだけどさ、どこにも行くわけないじゃん。だって、最初にそこに行って、その人と会って話した瞬間から、いや、この人嫌い、って思ったんだもん」

鳥「そうだったの」

銀色「うん。なんか金もうけの話とかして、下世話で。まったく尊敬できなくて、この男の人、すっごい嫌だ、って思ってるから、もう全然。催眠なんか、かかるわけない」

鳥「よく我慢したねえ」
銀色「うん。だから2日目、行きたくなかったんだけど、気が弱いからさ、行きませんって言えなかったんだよね。なんか、悪くって。もし私が行かなかったらさ、自分のやり方が悪かったのかなって、その先生が悲しむと悪いなって」
鳥「よくそんなこと考えられるね」
銀色「そうなんだよ！　私はけっこういつも考える、そういうふうに。アハハ。いっつもそういうふうに考えて、いやなことをする、ことが多々ある」
鳥「ああー、そっか」
銀色「自分が我慢すればいいんだな、みたいな」
鳥「それもそうだ。それで後悔するよね」
銀色「そう」
鳥「で、爆発するんだ」
銀色「……それ、我慢しなくて、2日目休んでいいのかな？」
鳥「うん。わたしなら絶対行かない」
銀色「電話しなきゃいけないのが嫌だなと思って」
鳥「電話もせずに」

銀色「悪いなって思って」
鳥「ええーっ！　そんなこと絶対思わない！」
銀色「言ったら、この人のカウンセリングが私にきかなかったっていうことが、この人にばれちゃう、って」
鳥「ええっ、いいじゃん！　だって変な人なのに！」
銀色「ばれちゃう……って思ったんだよね。そこが私の特徴なの。でも、そういうところが嫌だから、これからはもう、そういうところに行かないってことに決めたの。そういう、わけのわからないところには。ということで一応、自分の中では、結論がでたんだけど。行かない、って」
鳥「うん」
銀色「ヒマだと、そういうことばっかしちゃうから嫌なんだよね。だからいつも、忙しく何かに打ちこんでたいって思うの」
鳥「そうなんだ」
銀色「ヒマだとね、必ずへんなところに手をだす。力、余っちゃって」
鳥「はあーっ。前世療法かあ……」
銀色「さっきのカウンセリングも似てるよ。それ、きっと。……クッキー、もらうね。パパが焼いたんだよね」
鳥「パパが焼いた」
銀色「今、単身赴任中だよね。焼きに帰ってくるの？」
鳥「焼きに帰ってくる」
銀色「……パパは、しあわせそう？」
鳥「しあわせなんじゃないのかな？　忙しそうだけど」
銀色「ふうん。……パパって、疑問とか、あんまり感じないタイプ？」
鳥「うん。それ」
銀色「ハハハ」
鳥「パパってなんのために生きてんの？　って娘にズバッて聞かれてた。こないだ」
銀色「なんて言ってた？」
鳥「いや、べつに、って。なんか、べつにふつうに生きてるみたいなこと、言うわけ、あの人って」
銀色「くふふ」
鳥「わたし、結婚しようと思ったのは、その辻先生の後押しがあったものの、あの人がさ、『ただ生きててなにが悪い』ってそんなふうなことを言ったからなんだ」

銀色「うん」
鳥「それをさ、わたしは大いに勘違いしちゃって、それってものすごく深い意味があって言ってると思ったわけよ」
銀色「アハハ。ただ生きててなにが悪い、っていう言葉に？」
鳥「うん。それって、深い……、もうどっちかっていうと、哲学者っぽい感じ？」
銀色「うん。ただ、生きる。今を生きる、っていうのと同じかと」
鳥「うん。そう思ったの。それで、うわーっと思って、こんなこと言う人初めてだって、そうも思ったの。でもそれは、違ってたんだけど」
銀色「なんだったの？　それは」
鳥「ん？　ただ、ただ生きててなにが悪いんだっていう、ひらきなおりだったんだけどさ。それもまた、そうなんだけど」
銀色「ふうん。そうだったんだ。……そしてその、カウンセリングは効果あったの？　なかったんだよね」
鳥「うん。あんなのぜんぜん」
銀色「確かに。……だってさ、先生といっても、相手を見て、行かないと。だいたいそんなな人めったにいないもん。自分の思ってることを言ってもオッケーな人って、そんなにいないよ。ね、なにかを習った先生だからって」
鳥「うん」
銀色「……ていうか、どっちかっていうと、あなたが先生になった方がいいタイプだもんね」
鳥「そんなことないわよ」
銀色「そお？」
鳥「うん」
銀色「私だったら、連れてきたいけど」
鳥「だれを？」
銀色「だれって、まだいないけどさ。だれかを」

おかあさんとおにいさん

鳥「ほんとに、いいよね、おたくのおかあさん」
銀色「……うう〜ん……」
鳥「絶対、いいじゃない」
銀色「ええっ？……まあ、……また見方が変わればそうなのかもしれないけど。苦労したよね、子どもは」
鳥「フフフ。……でも、ちょっとその、かえる池をね、自転車で通っていきそうな感じじゃない」
銀色「……う〜ん……まあ、今を生きてるよね、あの人は、常にね」
鳥「ご兄弟って、今、どうしてるの？　おにいさんとか」
銀色「兄は、今、近くにいる。実家の、すぐそばに」
鳥「宮崎の？」
銀色「うん。近くに。そして、弟と妹は、結婚して東京にいる。で、たまに会うことはあるよ」

鳥「ふうん」
銀色「上にいくほど変わってる。下にいくほど」
鳥「ふつう？」
銀色「ふつうっていうか、ふつうに見える、というか、変わり度が少ない」
鳥「おにいさんがいちばん変わってるの？」
銀色「うん」
鳥「おにいさん、今、どうしてるの？」
銀色「今ね、どうしてるっていうか……うちの父親が死んでから、宮崎に帰ってきて、不動産の管理とかしながら……、家にいるよ。なにしてるのか知らないけど、いそがしいらしいよ」
鳥「へえーっ」
銀色「で、今、母の世話してて。病気だからさ、母の世話してて、それが楽しいんじゃない？　楽しいっていうか、本人は苦しそうなんだよ、大変そうなんだけど、でも、いやじゃないの。いやじゃないっていうか、……だって、変わり者だから、いいんだと思う」
鳥「ふうん。……え、どんなふうに？」
銀色「……う～ん……うまく説明できないんだけど、……、まあ、とにかくね、自分の世界の中に生きてるような感じの人よ。ひとりで。ね。そいでさ、本人は、人とコミュニケーションとるのは、すごく苦手だって言ってる。気にするタイプだから。真面目だし、すっごく責任感が強いから。へんに人とかかわると大変じゃない？　責任感強すぎて。ちゃんとしてるから。気にするのよ。というところがあるかと思えば、意外に、こういうとこはこういうふうにした方がいいのにって、私が驚くようなところで気にしないところもあるけど。そして、自分で、やってるよ、自分だけで」

鳥「自給自足してんの⁉」

銀色「いや、買い物に行ったりしてるけど、どっかに働きにいったりとかしないで、……働きにいってないくせに、忙しそう」

鳥「なにしてんの。畑仕事？」

銀色「いや、畑仕事もしてない。基本的に自分の家でなんかしてる」今はお米作りもしてる。

鳥「なんか！……しらないの？　なにしてるか」

銀色「うん。コンピューターとか好きだし、マンガも好きだし。あんまり言いたがらないよね。秘密主義っていうかさ。なんか、聞いても、絶対言わないもん。聞いても言わないから聞かないの。ふつうの人って、言いたがる人って多いじゃない、自分のこと」

鳥「うん」

銀色「前、ぶどうを持っていってあげたらさあ、ひとふさ。実はぶどうは食べたくなかったんだって。歯に悪いって思い込んでて、で、次の日、返しにきたの」
鳥「ぶどうを？」
銀色「うん。でも、十つぶぐらいは食べたんだって。悪いと思ったらしくって。そういうところが、律儀？」
鳥「ははは」
銀色「それから、そうか、ぶどうをあげたらいけないんだなあって思って、あげないことにしたけど。ときどき、ぜんぜん考え方が違うことがあるから、むかむかする……腹が立つことがあるんだけど、まあ、でも……」
鳥「そっか〜、なんか、ときどき聞くと、仙人みたいなふうじゃない？」
銀色「う〜ん。仙人……っぽくはないよ。仙人ってなんか、感情もあんまりなさそうじゃない？　すっごく感情的だからね。おとなしいけど感情的。いつもなんか落ち着きなく、あせってるようにしゃべってて」
鳥「いや、じゃなくて」
銀色「暮らしぶり？」
鳥「うん」

銀色「そうだね。友だちもいなそうだよ。ひとりも。いらないんだろうね。気を遣うから」
鳥「ときどき、ふと思い出したりするのよ。なんでもない時に。あなたのおにいさんどうしてるんだろうな、って」
銀色「ハハハ。今、忙しいよ～、母親の世話をしてるから」
鳥「そうなんだ」
銀色「あのふたりって似ててさあ、お金を使うのが嫌いなの。わたしがお金をだすって言ってるのに、なんにも欲しがらないの。で、たまにちっちゃーくなんかあげると、申し訳ないぐらい低姿勢でお礼を言うしね。そういう性分なんだろうね。買ったら？　ってわたしなんか言うじゃん、簡単に」
鳥「いやなの？」
銀色「うん。とりあえず、まず自分たちで作る」
鳥「なにを作るの？」
銀色「なんでも。こないだは、こたつをね、椅子式のこたつが楽だから椅子のこたつにしたら？　ってなったわけよ。ふたりがけのが、こぶりで大きさがいいから、それを買ってきたら？　近所で売ってたよ、って言ったの。そしたら、うう～んって言って、ちょっと作ろうかなって思う、って言うのよ、兄が」

鳥「ふふふっ」
銀色「ふつうのテーブルがあるから、そこに毛布をかけて手製のこたつぶとんにして、って。そんなの、ふたり用のこたつを買ってきたらいいじゃん、って言ったら、やっぱり、うう〜んなんて言ってるわけよ。うう〜んって。でも、次の日、行ったら、ちゃっかりできてるの。毛布がだら〜んってかかってるのよ」
鳥「毛布がかかってるだけ？」
銀色「テーブルの台の下に、棒を打ちつけて、そこに毛布がとめられてるの。で、中に、こたつの電熱器もちゃんと取り付けられてるの。どこかから持ってきて」
鳥「へえーっ」
銀色「そういうのは好きなのよ。作るのは。でもやっぱり、買ってきた方がいいかな〜とも言ってるわけ。だから、とりあえずやってみたかったんじゃないかな。そんなにあったかくもないかも、なんて言ってるし。でもそこまでしたら、もうそれでいいじゃんって思うから、じゃあいいんじゃない？　これで、って私は言ったけど。あのふたりは、そのへんが似てるのよ。自分たちで工夫するのが。そういう感覚ってあるもんね、人それぞれ」
鳥「うん」
銀色「だから、ふたりで喧嘩しながらやってるよ。いいコンビ」

鳥「へえー、そうなんだ。あいかわらずなんだね」

ストリートチルドレン

鳥「わたし、ネパールのさあ、ストリートチルドレンとかにものすごく興味があって、それをずっと調べてるとさあ、今度は、世界中にストリートチルドレンがいるってことを発見しちゃってさ、困ってんの」
銀色「どんなふうな気持ちになるの？」
鳥「だから、ちょっと見に行かなきゃいけない、とかって思って」
銀色「そういえば昔、いっしょに旅行に行こうかって言ってたことあったよね、インドの花の谷っていうとこ」
鳥「うん。そこにも行かなきゃいけないから、わたし」
銀色「ハハハ」
鳥「もう、じき、行かなきゃってことになってんの」
銀色「ふうん。小鳥ちゃんってさ、そういう、どっか行ったりするのって得意なの？」
鳥「好きじゃない？　世界一周したいって言ってる。ほら、世界一周3ヶ月の旅とかいうのあるじゃない」
銀色「ああいうの行きたいって？」
鳥「うん。世界中に行きたいんだって、あの人。そんな感じじゃない、だって、ほら、あの人、怖いもの知らずみたいな」
銀色「だね」
鳥「ネパールにも、早く行こうって言うわけよ。で、わたしがさあ、調べてたらものすごいきたなそうでさ」
銀色「ハハハ」
鳥「そこがすごい矛盾なんだけど。ママは卑怯だ、みたいに言うわけ」
銀色「ふふふ」
鳥「あんなふうにストリートチルドレンのことなんか調べてるくせにね、そうやって行って実際にその人たちとかかわるのをね、怖がったりなんかして、って」
銀色「ハハハ」
鳥「でも、似てると思うんだよね。今の日本の子どもとネパールのストリートチルドレンって。お金お金って寄ってきて、日本はお金はあるけど、どっちも、孤独で、さびしくて寄りそって寝てる子どもたちって」

銀色「ふうん。……そのうち行きたいって思ってるわけ？」
鳥「じき行きたいの」
銀色「じきね」
鳥「うん。……でも、あれってさあ、花の谷って、昔は辺鄙《へんぴ》だったけど、今はすごく」
銀色「ひらかれてんの？」
鳥「どうなの？」
銀色「花の谷って、私ね、イメージしてたのと違ったな、っていつだったか思ったことがある」
鳥「わたしも！」
銀色「なんか、私、見たことあるんだよね」
鳥「テレビででしょ」
銀色「テレビじゃなくって、……ん？　テレビだったかな？」
鳥「やってたね」
銀色「あれ？　って。私のイメージだと、ホントに花がアーチ状になってて、立体的にばーっと咲き乱れて続いてるのかと思ったら、けっこうさ、野生っぽい花って、意外と地味なんだよね」

鳥「山の中にある、高原の花みたいな感じでしょ？」

銀色「とにかくね、え、これ？　って。花っぽくなかったっていうかさ。それよりも私が見たいなと思ったのは、南アフリカの、8月、9月ぐらいに、雨が降ったあとに、いちめん花畑になるっていうのが、ちょっとイメージに近かったんだけど。いろんな色の花がいっぺんに」

鳥「そんなのがあるの？」

銀色「でもそれって、年によっていつ咲くかわかんないんだって。で、1ヶ月ぐらいの間に、ばーっと咲いて、ばーっと消えちゃうんだって」

鳥「え、どこよ、そこ」

銀色「南アフリカ。すんごい広くて、カーペットみたいに、いちめんに咲くの。花の種類も、次から次と、数日で変わっていくから、色のグラデーションが、日々変化してくんだって。みんな、あっちこっち探し回るらしいよ。車で追いかけながら」

鳥「それは自然に咲いてんの？」

銀色「うん」

サバイバル

鳥「……こういう、外にでてるときって、子どもたちはだれが見てんの？」
銀色「いちおうね、兄が見てるんだけど、泊まったりはしないで、下の子が寝るまで、ちょろっといてもらうぐらい。ごはんは作って持ってきてくれる友だちがいるから」
鳥「で、自分たちでねるの？」
銀色「うん。べつべつの部屋でね。でもさ、野宿にくらべたら、ぜんぜん、安心じゃない？」
鳥「そりゃ、野宿にくらべたらね。家があるんだもんね」
銀色「そうそう。子どもだけって言ったら、驚いた人がいたけど、野宿にくらべればねえ」
鳥「そうよ、野宿にくらべれば」
銀色「それぐらいサバイバルしてくれないと私は動けないじゃん。働いてんだからさ」
鳥「そうだよね」
銀色「最初は兄も泊まってたんだけどね、もういいって言うんだもん。子どもたちが」
鳥「本人たちがね。もう慣れたんだね。あなたの子どもかあ〜。……なんて言うのかね、ホントに」
銀色「ん？」
鳥「将来、なんて言うようになるか、楽しみだね」
銀色「とにかく早く独立して、って感じでやってるから。……だって、今さあ、子育てのためにいるようなもんだもん、じっとひとつのところに。いなかったらもっと動いてると思う」
鳥「そうだろうね、きっと。だって本当はさあ」
銀色「ひとつのところにいるのが嫌いなんだよ、わたし」
鳥「ていうかさ、子育てにむいてないよね。いるのが不思議よ」
銀色「うん？　だから、私にとってもさ、子育てっていうのはひとつの」
鳥「試練か」
銀色「うん。……勉強っていうか。たぶんそれがなかったら、なんもしてないかも。なんもしないっていうか、嫌なことしてない」
鳥「だからさ、子どもはさすがに捨てるわけにいかないから、犬みたいにね（笑）」
銀色「す、捨てたわけじゃないけどね（笑）、あげるわけにいかないからね」
鳥「そう、あげるわけにいかないから。それに、夫みたいにさ、すぐに替えるわけにいかないからさ」
銀色「そうそう」
鳥「……だけど、すご～くなんか、いろんなことを学ばせていただいてるっていう感じがするけどね」
銀色「うん。私はやっぱり、いちばんはね、いちばんはあれだな。すごいなんか、むかむか～って腹が立つことが多いのよ。上の子なんて」
鳥「うんうん」
銀色「そんなさあ、ふつうの人といっしょにいて、こんなに腹立つことが細かくいっぱい続くことないもん。ふつうは喧嘩なんかしないじゃん。大人になって、それほど。いやな人とは離れればいいんだからさ」
鳥「そうなんだよ」
銀色「そこがやっぱり、子どもならではだね。じぶんちにいる」
鳥「うん」
銀色「いいときもあるからさ」
鳥「そりゃそうだよ」
銀色「ハハハ。上の子って、むかむかくるんだけど、たま～にさあ、……ぜんぜん違うのよ、

私と、ホントに違うんだけどさ、たま〜に気が合うとこもあるわけ、ちらっとね」
鳥「うん」
銀色「そういうのを見ると、ちょっと気がらくっていうかさ、まあ大丈夫かなって気がする。もうこの人、野に放しても大丈夫かもって。……ていうか、もう、私よりもあれだもん」
鳥「しっかりしてるの？」
銀色「しっかりしてるっていうか、強い。平気って感じ。人の言うことをあんまり気にしないみたいな強さはある」
鳥「でもあなたも気にしないでしょう？」
銀色「いや、私はもっと気にすると思うよ。気が弱いし、……私の方がもっと、いろんなことを考えた。あれこれあれこれ細かく。人の気持ちとかを。そうじゃない人って、そんなに考えなくて一本でいけるじゃない。だからさ、あんまり人の気持ちをわかってないなと思うことがある。上の子は。それだけにさ。のん気というか」
鳥「でもそれまだ小さいから」
銀色「う〜ん。そうなのかなあ。でもちっちゃくても、なんか気を揉《も》む子もいるじゃん」
鳥「あはは」
銀色「だから私いっつも数えてるもん。大人になって解放されるまであと何年、あと何年って」
鳥「言ってたね」
銀色「あなたの子どもは、どうなの？……小鳥ちゃん」
鳥「すごいよ、なんか。こわいって言われるんだって」
銀色「なんで？　なにが？」
鳥「あなたも、目がこわいって言われるって言ってたじゃない」
銀色「うん、私はね……。えっ？　こんな感じに？　なにがこわいんだろう？」
鳥「目がこわいんだって」
銀色「ハハハ。小鳥ちゃんの？」
鳥「あんなに、かわいらしいのにさ」
銀色「アハハハ」
鳥「そいで小鳥が言うにはね、担任の先生なんて目をそらすから、って」
銀色「ハハハ。でもなんかわかる」
鳥「言ってた」
銀色「今はなにしてんの？　最近は」
鳥「あの子？　なんか新しいの書いてる。かえるの話」

成長させるもの

鳥「あの子って、演劇科っていうのに通ってて、みんなでひとつの作品を作るから、大人の人間関係みたいに、いやな面とかすごく見ないとやってけなかったみたいで」
銀色「いっぱい見ちゃったんだ」
鳥「うん。それとかさあ、今まで自分はそう悪く言われずにずっと生きてきたけど、すごく悪く言う人もいるとかさ、へんなことを言う人もいっぱいいるとか」
銀色「じゃあさ、小鳥ちゃんってさ、あなたが中学校ぐらいの時に感じた深い溝、とまではいかなくても、やっぱりまわりがへんだって思って、……そこまではないのかな？」
鳥「ううん。吐きそうになって大変だったよ」
銀色「は〜ん。じゃあ、今がそうなのかな」
鳥「うん。吐きそう経験が」
銀色「そうなんだよね、吐きそうになるんだよね」
鳥「うん」
銀色「アハハ……あれさあ、生理的にダメっていうか、限界をこえちゃうとそうなるね。私もなるもん。すっごく、その場になじむふりをしてるんだけど、どうしても、理性ではわかっていても、もう体が耐えられないっていうか、その場に強烈な違和感を感じて、限界をこえた時に、そうなる。ウッとなって、でも一瞬で過ぎ去っていくけどね、私のは」
鳥「ホント大変だったよ、ホントに。学校に行きたくないって言って泣いたり。でも、今、行かなかったら、このままずるずる行かなくなりそうだからとかって言って……」
銀色「じゃあもう、のりこえたんだね」
鳥「のりこえたんだよ、ひとつ。その吐きそう経験」
銀色「……通過儀礼……」
鳥「そうね」
銀色「あとはもう、好きなふうな感じでやっていけるんじゃない？」
鳥「だからよくわかったって言ってた。どんなに今まで、自分のね、自分の好きな世界ってあるじゃない？ そうやって生きてきて、それがどんなに素晴らしいかよくわかったんだって。吐きそう経験で」
銀色「うんうん。よかったね。だって、それは1回くるはずだもん。くるっていうか、なんていうか、通る……」
鳥「そうだよねえ〜、ほんとに。嫌いだったら知らん顔してるっていえるような関係じゃないから、同じものを作らないといけないから、最悪だったみたいだよ」
銀色「本当に嫌いでいやなものなんだけど、そこから離れられない関係っていうのが、いちばんその人を成長させるよね」
鳥「そっか」
銀色「逃げられないのが。どうしてもそれを受け止めるしかなくなるから」
鳥「なるほど。それはそうかもしれない。確かに」
銀色「……あんまりひどいのとか、ずっとはいやだけどね。死ぬまではいやだけど。少なくとも、数年とか」
鳥「そうそうそう。まさしくそうだったみたいよ」
銀色「子育てだって、十数年はそうだしね」
鳥「そういうことか……。そうかもしれないよね〜。普通の高校の普通科だったら絶対そういうことってないから、よかったかもね」
銀色「うん。普通の高校だったら、もうちょっと距離をおいてもいいもんね」
鳥「だれがなにしてたって勝手だもんね」
銀色「だって演劇とかなんて本当にさ、心の中を引きずり出しあうような感じ……」
鳥「そうなんだって」

銀色「そうだよね、演劇って」
鳥「そう、そいで」
銀色「……けっこう、いちばん、いやな」
鳥「そうだって。ゆってた」
銀色「種類的には、よく考えたら、いちばんいやなあれかもよ。私らタイプには」
鳥「とてつもなくね、いやだったみたいよ」
銀色「うう〜ん」
鳥「こんなにいやとは思わなかったらしい」
銀色「だって、ちょっと、……ちょっと想像しただけで、いやな感じするもんね」
鳥「でも、きっと気の合う人とやったらさ、そのよろこびは倍増するんだろうね、そのかわり。4倍にも5倍にも、ひとりでやるよりも」
銀色「うんうん。そうだね。そして、だからこそその経験によって、すっごくエネルギーがたまったとは思うけどね」
鳥「だけど感性のあわない人とやるのほどさ、いやなもんってないじゃん」
銀色「そうそうそう」
鳥「しかもさ、いくら言ってもわからないっていう。相手が」

銀色「そんないやで、そんな苦しくって」
鳥「そうなんだって」
銀色「でもそこで成長するんだからそれは、もう、しょうがないんだよ」
鳥「うん。それがあってよかったんだね、だから」
銀色「うん。それがなかったらわかんないだろうね」
鳥「そうなんだよ、ホントに」

かみなり

銀色「……なんか、雨の音が聞こえるね」
ポピー「ワン！」
鳥「なかなか本当に、こういう話を長々と聞いてくれる人はいないわよ」
銀色「ハハハ」
鳥「話できないもん、だって」
銀色「うん。そうだね」
鳥「まず」
ポピー「ワン！」
鳥「ねえ、ポピー」
銀色「私さ、本当にやりたいことをやってないと思う。まだ。自分が」
鳥「あ、そうなんだ」
銀色「うん。やっと途中までできたかな、ってぐらい」

鳥「ホント？」
銀色「うん。まあ、いつもやりたいことをやってはきたんだけど、本当にやりがいがあって今やってるな、ってことが先にある気がしてて。そういう期待する気持ちが波のようにおしよせては引いていく、の繰り返しで。でも、そんな気持ちを持ったまま、ずっとやっていくのかもしれない。このまま。そういうものかもしれないね、案外。長い散歩のようなものかも、人生って」
ポピー「ワン！」
鳥「入りたいっていってるんだよ、あれ」
銀色「ああ〜。雨だから？　雨と関係なく？」
鳥「かみなりかもしれない」

ガラス戸を開けて、ポピーを、家の中に。

銀色「玄関にいれるの？」
鳥「玄関に（玄関に連れて行く）。……この犬は、私が産んだんじゃないかと思う、とかって言ってる飼い主がいるじゃない？　ときどきわかるもん、わたし。わたしが産んだんじゃないのかなと思ったりするわ」
銀色「そんなに……、じゃあ、そんな犬が、いるってことは、いいね」
鳥「うん」
銀色「犬をそう思えるっていう」
鳥「そうでしょう？」
銀色「家族みたいにねえ」
鳥「うん。そうなのよ」（ドアを閉める）

銀色「……これってなんで知ったんだっけ」
さっきもらった『類推の山』（R・ドーマル著）という本。
鳥「これって、あのね〜、……地上と天空をむすぶ、見たこともない山があるっていうふうに確信した人たちが、それを探しにいくっていう話なんだよ」
銀色「ふう〜ん」
鳥「だけど、この作者が、途中のところで死んじゃったから、話が途中で終わってることが、……その類推の山のところに、いよいよ着いて、その山に登ろうとしかけたところで、亡くなっちゃったわけ」

銀色「うん」
鳥「だからもう、いかにもそれがね、象徴的で」
銀色「ふうん」
鳥「わたしはすごく、好きなんだけど」
銀色「この挿絵は？　この絵もこの人が描いてんの？」
鳥「うん」
銀色「かわいいね。ハハハ。絵がいいじゃない。……ホントに、この似顔絵……。似顔絵？　これ。なんだろう。まさにそのものの感じだね」
鳥「そうでしょう？」
銀色「クククックッ」
鳥「だけど、この『類推の山』をね、読んでごらんなさい、とかって、いえる人ってなかなかいない。もっとちがったところには、そういう人たちがいたりするのかなあ。……こういう、書物を通してとか、そういうのではなかなか知り合えないのかな」
銀色「う～ん。そうだね。町も歩いてるんだろうけどね。わかんないよね」
鳥「うん」
銀色「でもどっかでそれがわかるような兆候は見られるんじゃないの？　よく見とけば」

鳥「ねえ。それには、アンテナを張ってなきゃいけないってこと？」
銀色「そうかも」
鳥「やっぱり」
銀色「でもまた、あなたです！　っていうのがきたら嫌だね」
鳥「あなたかもしれない、っていう中途半端が？」
銀色「うん。下手にアンテナ……、ハハハ。なんかさ、これは中途半端か、中途半端じゃないかっていうのがさ、わかる手立てって、なんかあるのかな」
鳥「え、でも、中途半端か、中途半端じゃないかは、すぐにわかるじゃない」
銀色「わかる？　どうやって？　見て？　会って？　しゃべって？」
鳥「う〜ん、あのねえ〜。……今まで間違えたのが、2回ぐらい」
銀色「うん」
鳥「この人いける！　って思って、間違えたのが2回！」
銀色「ハハハハ」
鳥「この人はだめじゃないか、って思って、よかったのが、1回！」
銀色「は〜。……私はどうもよくわかんないな。間違えてるのか間違えてないのかってことさえ」

鳥「わたし、すごい自信があったんだけど、前はホントに」
銀色「うん」
鳥「でもまあ、みんなそれぞれに……おもしろかったりするよね、やっぱり。話とか聞いていると」
銀色「そうそう。日々の暮らしの中におもしろい人って、いるよね」
鳥「うん」
銀色「ちょっとしたとこなんだけどさ。そういうおもしろみを感じることはよくある」
鳥「わたしもそう。けっこう違う分野だとか思っててもさ、うちのパパなんかもそうだけど。意外と共通の部分があったりして、そうそう、とかって」
銀色「ハハハ」
鳥「全然違うのに、そうなんだよね、とかってさ、言ったりするようなことがあったりするじゃない」
銀色「うん」
鳥「わたしがたとえば、子育てとか、本とかさあ、こういうふつうの主婦生活の中で学んだことと、パパが会社生活の中で学んだことが、けっこう共通のことがあったりして」
銀色「うん。そういうことはあるよね」

鳥「年をとってきたからこそ、共通になってきたっていうか」
銀色「うん」
鳥「そういうのはあるよね。……だからホントに最後まで人生やってみないとねえ。なんかこう、見てるとさあ、人生、最後までわかんないなあなんて。波乱万丈な人がいたりさあ」
銀色「うん」
鳥「そういうのって、本当にわかんない」

核心のこと

銀色「ふふふ。そういえば、私、シルバー・バーチの本も送ったんだよね」
鳥「うん」
銀色「なんか他の本も2、3冊送んなかった？」
鳥「送った送った」
銀色「死んだあとの世界のことが書いてある本も、送んなかった？」
鳥「そうなんだけどさ、ああはっきり書いてあると」
銀色「あの頃、ああいうのを探求してたんだよ。でも死後のやつはあんまりにも具体的すぎるよね。ちょっと、唐突じゃない？」
鳥「唐突だしさ、すごく、……はっきりくっきりしてるでしょう？」
銀色「うん。死後の描写って人によって違うよね。それらの共通部分になにかあるような気がするんだけど。……自分以外の人の死後にも興味ある？」
鳥「ある。死後は、元に戻るというか、宇宙に戻るということだと思うから。とてつもなく興味がある。死が終わりだと思えないし。……わたし、すごく若い時に、もう死ぬのが恐くなくなったって、そんなふうに思ったけど」
銀色「うん」
鳥「でも、1回やっぱり、子どもを産んだら死ぬのが怖くなって、でもこの頃また死ぬのが怖くなくなったから、よかったと思って」
銀色「私はここ最近だけどね。死ぬのが怖くなくなったのは。……下の子には、教えようとしてるけど。上はもう、また言ってんの？　なんでそう思えるの？　って」
鳥「……言ってみれば、似たようなことを言ってるような感じよ」
銀色「なにが？」
鳥「これも、クリと」
銀色「類推の山？」

鳥「うん」

銀色「ハハハ、クリと？」

クリとは、インド生まれの思想家、J・クリシュナムルティのことで、この人の本もちょっと前に送ったのです（そのころ友だちに本を送るのが自分の中でブームだったので）。

既成の宗教、組織、団体に属さず、人は個人で、民族や国家や習慣によって知らず知らず身についた偏見や先入観をなくし、自由であるべきだと言い続けた人。「誰にも従うな」と説く（誰にも従うなっていうところが好き。先生や師、宗教家、政治家、お金持ち、権力者などに、何かを求めて人々は従ってしまうが、誰にも従うなっていうところが。でも、この人の本って難しいので、ほとんど持ってるだけ……）。

鳥「……なんていうの？　いろいろ覆っているものをとにかく脱がないと、……脱いで、ありのままの自分を見たときに、そこにあなたは本当に、なにかをみることができるのか、っていう、そんな感じだよ」

銀色「うん。……で、結局みんな、同じこと言ってたりするよね」

鳥「そうなのよ。で、それは死とか宇宙とかいうものとつながっているんだと思う。ありのままの自分を見るというのはつまり、最初の、自分がなりたっているもと、細胞を見つけるっていうことじゃないのかなあ」

銀色「うん。……見てるとことか、考えがたどり着くところは、みんななんか似てるよね。それを、いろんなジャンルの人たちにわかるように、さまざまな種類の人が、それぞれの言葉や音や態度やなんかで言ってるんだと思うけど。核心のことに関しては」
鳥「核心のことでしょ？」
銀色「うん。核心のことを言ってるときは、わりと同じことを言ってるような気がする。表現はまちまちだけどさ」
　私の好きなドッグトレーナーが犬とのつき合い方を話してたけど、スピリチュアルな人の言うことと同じだった。
鳥「でもなんかさあ、もっとさ、らくに生きれたらいいと思うけどね、ホント」
銀色「……でも、だんだんそのことを知れば知るほど、らくになるじゃん」
鳥「ある意味ね」
銀色「だってさ、結局、とらわれてないことに気づくわけでしょ？　だんだんに。その枠をはずしていくにつれて、自分が思い込んでいたものが違ったっていうことに気づいていくわけだから、どんどん自分を縛るものがなくなって、どんどんらくになるんじゃない？」
鳥「うん。……そう言ってたキリスト教の人も」

銀色「ハハハ（爆笑）。だから、同じようなことを言ってんだよね～」

鳥「そうなんだよ」

銀色「どこの場所で言ってるかによって違うだけで、ハハハ、気をつけようっと」

鳥「そうなんだよ。でもだから、それを、唯一絶対神なんて言わないでほしい。そんなふうにさあ」

銀色「だから、呼び方っていうか、用語なんだよ、用語」

鳥「ねえ」

銀色「用語の違いだけなんだと思う。それを、唯一絶対神って呼びたい人が、その教徒になってる」

鳥「そう。絶対これだけですからなんてさ、おかしいじゃん、そんな箱にとらわれてね。絶対神だって。絶対神なんて言葉がいけないよ」

銀色「うん。でも言いたいんだろうね。言うことによって自分たちだけのものにしたいんだろうね。ちょっと優越感、じゃないけど、他を排除して自分たちの世界だけが正しく素晴らしいって思いたいから、そういう言葉をつくりだして、守っていくことを決めたんじゃない？　だから、仲間が集まってるんだよ。それ好きな」

鳥「うん」

銀色「私は、仲間を集めたくはないなあ。そんな、ほら、特別な仲間？　特別な用語をつくって」
鳥「それは気持ち悪いじゃん」
銀色「でしょう？　だから私は、用語がないのがいいと思ってる。専門用語を使いたくない。知ってる人だけが助かるみたいな、排他的な知識で制限したくない。ある大事なことを指し示すときに」
鳥「うん」
銀色「だからさ、だから、見つけにくいんだよ。わたしたちみたいな人は。仲間を。だってそういうさ、わかりやすく排他的な言葉を使わないところにいるわけでしょ？　そういう絶対神が好きな人たちは、そのキリスト教のとこに行けば、それに集まってきた仲間がいるし、見つけやすいよね」
鳥「そうだよねえ。迷ったときは、人との出会いの中とか聖書の中とかに、必ず、そこにその答えがあるの、って言うんだけど」
銀色「うん。そりゃあ、解釈は自由だからさ。……あの聖書っていうのも……、どうもさあ、人が書いたものを信じるのが……なんで信じられるのかが不思議でさあ……人が書いた聖書を。ねえ、なんでその人たちってさ、信じられるのかなあ」

鳥「それは、神が言ったって。聖書って、神様がこう言ったっていうのを、これいいでしょう？　って、弟子が書いただけなんだよ」
銀色「ふうん」
鳥「弟子がさあ、神の言葉を聞いて、ほらほらこんなのがありますよって。だから、あなたがしたいこととさ、いっしょなんじゃないの？」
銀色「わたしは今はこの本が好きです、この人が好きです、って人に言ったりはするけど、それだけだよ。それが絶対なんて思ってないし。しばらくしてもっといいのを見つけたら、今はこれが好きなんですよって言うし。そもそも絶対なんて、ないと思うけど。……だからさ、宗教のなにが嫌いかって言えばさ、自分たちの信者だけが救われるって、もうその一点だけでケチすぎておかしいし、興味ない人の袖をひっぱったり、お金をとったり、団体になって大きくなると、欲望や利権がうずまく……なんか、組織の中で、違う動きが起こったりするじゃない」
鳥「末端の方でね」
銀色「うん。それが嫌いなの。組織化するとこ。だから私は宗教集団って好きじゃないんだけどね。団体でやらずに、名前もつけずに、ひとりひとりが勝手に黙って自分の思うことを思ってればいいのに。なんで集まって力を持とうとするんだろう。私はいままでいろんな、見たり聞いたりしてきたものの中で、現時点でいちばん自分が納得できる考えをただ言ってるだけだから」
鳥「ふうん」
銀色「私がそうそうって共感した考えって、自分の中にあったものだと思うけど、それを発見したことで自覚して、自分の言葉にかえてるんだよ。かえて、人に言いたいんだよね。この考え方ってすっごくいいよね、って。ま、だから、そういう教えたいってところは、さっきのキリスト教の人といっしょといえばいっしょだけどさ」
鳥「ふふ」
銀色「こういう言い方をしたら、わかってくれるんじゃないかなって思うから、自分の言い方で言ってるんだよね」
鳥「うんうん」
銀色「自分はそれで、すごく、なんか、自由な気持ちになったから」
鳥「うん」
銀色「でも、自分の本の中で言うだけだよ。……あなたは違うよね。あなたの場合、自分ひとりの宇宙で、ひとりでコツコツ考えて、そこで自分で発見していったことだから。私は自分の存在について、そもそも疑問を感じなかったもん」

人とどうつきあうか

鳥「だけどわたしだって、ふつうの話とかしたりするんだよ」
銀色「わたしもするよ。……だから、短い時間だったらいいんだよ。と、思った、わたし。10分とか」
鳥「わかるわかる。そりゃ、10分ぐらいなら話せるわ。……10分なら……、こないだたくさんの人と話してたとき、すごく、なんか、もう、わたし、もう」
銀色「ふふふ」
鳥「わーっと、みんなでしゃべってたけど、人って、こうやってどんどんふつうになってくんだなー、って、そう思ったの」
銀色「ハハハ」
鳥「どうしてこんな話を長い間できるんだろうって。……でも、おもしろい話もあるけどね」
銀色「うんうん」
鳥「それはピックアップして、おもしろい話もあったって、そういうふうに思うんだけど。

……やっぱり、1対1で話してる方が、まだいいかな」
銀色「そうだよね」
鳥「意外と、本音、みたいなのを言ったりしてさ、1対1だと。そうするとなんか、あ、こんなところがあったんだとか思ったりして。集団になるともう、ほんとに」
銀色「集団になると、なんでああなっちゃうんだろう」
鳥「わかんない。もうほんとあなたはいいわねえ〜、とかって私、言われてさあ」
銀色「なんで？」
鳥「な〜んにも考えてないみたいで、って」
銀色「ああ〜」
鳥「はあ、とかって言ってたりするの、わたし。そんなことはないですよ、考えてはいますよ、って」
銀色「え、みんなはどんなこと言ってた？　どんなことが興味の対象だった？」
鳥「みんなの興味の対象はね、子どものことだね、まずね」
銀色「あ、なんか！　子どものことをすっごくさあ！　すっごく子どものことをさあ！」
鳥「そうなんだよ！」
銀色「自分のことみたいにさあ……」

鳥「そうなんだよ」
銀色「考えてる人がいるんだけど、どうもあれがさあ、ついていけないっていうか、気持ち悪いっていうかさ」
鳥「うん」
銀色「だって、子どもは子どもで、私じゃないもん」
鳥「もちろん子どものことも考えるんだけど、わたしがホントにいちばん嫌なのは」
銀色「うん。ふふっ」
鳥「子どものことしか話さない、っていうの。わたしはバレエ習ってるけどさ、バレエの人たちっていうのは、バレエが好きで集まってるじゃない」
銀色「うん」
鳥「そうすると、個人個人の話になるのよ。子ども中心じゃなくて。まだそれだったらいいんだけど、どうも、子どもをもってる人は、どうしても子どもの話だけになるよね。自分じゃなくて」
銀色「そうなんだよね。そうじゃない人もいるんだけど、そういう人が多いよ」
鳥「多い！　まず、子どもの話、それから親の話、それからね、知ってる人の話」
銀色「ははは」

鳥「この人がこういうふうに言ってた。それから、テレビでだれだれがこんなことを言ってたっていう話。それでもいいんだけど〜」

銀色「それ全部、抜きでしゃべりましょうっていったら、どんなことというんだろう……」

鳥「……それから、親の病気、知り合いの病気」

銀色「ふふっ。それって、共通の話題だから、そうなっちゃうんだろうかね。どうなんだろう」

鳥「そして、わたしはその話を聞きながら、そうそう、って言ってんの。だれそれさんは肝硬変でって、ほら」

銀色「ハハハ」

鳥「私の父もこんなふうでこんなふうで、って。いいんだけど、ず〜っとそういう、……とどまることをしらないんだよ。ね。で、あなたは何を思ったんですか？　それがあってどう考えたんですか？　って聞きたくなってしまう」

銀色「ククッ。こないだね、とどまることをしらない人がいたわけ。やっぱりそんなふうにね。4人ぐらいでしゃべってた中に。で、その人はとってもたのしそうにしゃべってたのよ」

鳥「うん」

銀色「そいでさあ、私なんか全然たのしくなかったんだけどさ、その人、とってもたのしそうにしゃべり続けてるわけ」
鳥「うん」
銀色「ああいうのってなんだろう。充実感とかあんのかなあ」
鳥「うん。あるんだと思う」
銀色「あんのかなあ、やっぱり。ただしゃべったってことで？」
鳥「でもたいがいそうじゃない？　あたしってすごく聞き上手だって言われんの」
銀色「あはは」
鳥「自分のことはそんなにしゃべらないで、うんうん、って聞くから。本当に聞いてるんだけど。ちゃんと。聞いてるんだよ。聞いててわたしはね、その人の表情とか」
銀色「ハハハ」
鳥「どういうことをしゃべるんだろうとか、おもしろいことがあったら、なるほど、って思ったりしてるんだけどね」
銀色「うん。でも、それ、聞き上手だよね、ある意味。違うとこ見てたりするとしても、とりあえずさ、じっと興味あるとこをみつけようとしてるわけでしょ？」
鳥「興味あるとこを。だってそうじゃなかったら、意味がないでしょ。それとも、もう勝手に話してててって言う？　なんにも、そういうことも考えないで」
銀色「いや、私もその人がとめどもなくしゃべりはじめた時ね、一生懸命、あいづち、打ったわ。うんうんうんって。途中ちょっと、あまりにも長すぎたから、その状況を忘れちゃってて、うっかり違う話をしかけちゃったけどね」
鳥「その人の、何の話？」
銀色「なんか……」
鳥「おぼえてないの？」
銀色「おぼえてないくらい日常の、きょうね、これこれこうで、こういうことがあったのよ、みたいな話だったと思う。全然私とは関係ない話なんだけど、とってもたのしそうに」
鳥「私の友だちがこうでね、って。で、その人の友だちが、どんな病気だったとか。どうしてこんな話するんだろう？　って」
銀色「うん」
鳥「思わない？　それ知ったからって別に。それが驚くような病気だったらまだいいけど」
銀色「それはでもさ、すごく親切に聞いてあげるからじゃないの？」
鳥「そうかもしれない」
銀色「そういうことさ、興味ないことは聞きたくないっていうのが顔にでてる人もいるじゃない、中には。あっそ、って。あっそ、で終わらせて、自分の話題にさっと行ける人もいるでしょ。竹割ったみたいな。そういう人がいて、うらやましく思ったことがある。そういう人はあんまり聞かないですむんだろうね」

鳥「うん。そうかもね」

銀色「でも私もけっこう聞き役になる。んん〜って、興味ないから、よく判断できないまま礼儀正しく聞いてたら、どんどんどんしゃべりつづけて、あんまりおもしろくないな〜って思うんだけど、そう言うわけにもいかずに黙ってたら、どんどん熱くなってた人がいて。説教されたの。あれ、説教する人って、どんどん気持ちよくなってくるみたいだね。とまんなくなってた。頭いい人ほど、あんまりしゃべんないね」

鳥「どんどんどんどんしゃべる人いるよ〜」

銀色「……でもあれはやっぱりさ、……その話にはあんまり興味がないって言った方がいいのかな？　そんなことないよね。わかんない人って、しょうがないよね」

鳥「言ったら終わりでしょ」

銀色「もう、この目の前にすわった以上はね。だから私ね、目の前にすわるような機会をできるだけなくすようにしてる」

鳥「うん」

銀色「極力」

学校

銀色「学校ってたしかに、退屈なとこあるよね。学校もさっきの、嫌だけど離れられないっていうあれだもんね……」

鳥「本当に楽しかったの、大学生活だけかな」（慶應大学とか。頭よかったの？と聞いたら、「数学がからっきし」なんていってたけど）

銀色「そう？」

鳥「ずっともう、ホント、苦しみの連続だったわ。中学はまだましだったけど」

銀色「でも私も学校生活は、ちょっと苦しかったかな。次の時間になにしなきゃいけないっていうのが決まってるのがいやだった」

鳥「そうなんだ。そういうのは別に大丈夫だったんだけど」

銀色「いやっていうか、全体的にね。人が、自分の行動を決めるでしょ？」

鳥「わたし、嫌いなことしなきゃいけないのがやだった」

銀色「うん」

鳥「ホントだいっきらいなのに、なんでしなきゃいけないんだろう、って」

銀色「だから、それをしないようになろうと、思ったんだよね、私、卒業したら」
鳥「それをしなくてよくなったのが、大人になってよかったことだと思う」
銀色「学校が終わってよかった。そこで初めて息ができた感じがする」
鳥「そうだね。それに子どもってずばずば言うじゃない」
銀色「うん」
鳥「でも一応おとなって遠慮して、言わなかったりするのは、ありがたいなって」
銀色「どういうときにそう思ったの？」
鳥「だっておとなになったら遠慮してさ、……子どもってずばずば言っちゃうでしょ？　人の悪口とかも」
銀色「おとなになったらあんまり他人に入ってこないしね」
鳥「そうそう。遠慮してね」
銀色「子どものときは、それ、ちょっと大変だよね。おとなになると、割ともう、そんな、無理に。……近づかないでってしてれば、そんな人も来ないしね」
鳥「そうなのよ。だから、電気の取り替えの人なんかもさ、来て、その人が、はいはい、って、なるべく停電しないように取り替えますから、なんて言うと、はあ～っ、すごい、おとななんだなあとかって思ってさ。この人も子どものときには違ったのかな、とか」

銀色「ハハハ」

鳥「そんなふうに思ったりして、この人もきっとおとなになってこういうこと言うようになったんだろうなあとかって、思ったりするの」

銀色「ふふふっ。そうかもね。子どものときとは、人は変わるよね。いいよね、おとなになるって。……でも、いい人いるよね。男の人とかで、けっこう、尊敬できるような人、いるよ。瞬間的に」

鳥「瞬間的にでしょ？」

銀色「うん。感動することある」

鳥「だって、自分がへりくだればへりくだるほど、そういうのを、またね、いろいろ感じるようになる」

銀色「私なんかけっこう。へりくだってるからさ、ふだん」

鳥「わたしもすっごくへりくだってるんだよ！」

銀色「そうなの？」

鳥「そうだよ。へりくだってるよ、なに言ってんの！　もうほとんど……」

銀色「地べたに？　私も！　私なんて、もうすっごく、へりくだってるからさ、そういうことがわかんない人ってさ、本当に踏みつけにする人っているじゃない。なんかわかんないけ

ど、地面に張りついてるって思われちゃってんのか、背中に乗ってくみたいにドドドドって。ひどい〜って思うことがある。ホントわかってない人、ねえ」
鳥「ハハハ」
銀色「ただこっちはへりくだってるだけなのにさ、形として。その方がつつましいかな〜なんて思って」
鳥「フフフ。そうなんだよ。わたしは世間知らずなんだから余計なこと言わないように言わないようにって思って」
銀色「私は、へりくだるあまりに、余計なこと言うことがあるんだよね、なんか。ほら、ここで、ひとこと言った方が、この場をすごくなごやかにするかもしれないって思うじゃない。でも、ちょっと、そこまで言わなくてもよかったかなっていう気の遣い方をすることがあるよ、私、ときどき」
鳥「ふう〜ん」
銀色「どっちでもできると思うと、ついやっちゃうんだよね。どっちでもできるなと思うの。ここでちょっと、なごやかなこと言おうかなあどうしようかなあ、って」
鳥「すごい。そこまでない」
銀色「私はけっこう、それがある。でもそれ、今後しだいに、やめようと思ってる。

いっつもよくあるのは、今これを言おうか、言うまいかって、考えてる瞬間がすごく多い。あれなんだろう。そいで言ってみるんだけどさ、たいてい」
鳥「それ、大事なことじゃないこと？」
銀色「うん。ぜんぜん大事なことじゃなくって、お互い気まずいような沈黙があって、そんな大事でもない人といるとき、あ、今、だまってるな、ふたりとも。ちょっとこれ、ひとこと、なんか質問みたいな感じで切り出したりしたら、この場はこの人にとってもいいかなあ～なんて思って、そういうのを2～3分ずっと考え続けて」
鳥「すごいねえ～」
銀色「考え続けたあと、ようしやっぱり言おうと思って、で、さもたった今、思いついたかのようなトーンで質問したり、天気の話したりとか」
鳥「ゆったらどうなんの？」
銀色「どうにもならない」
鳥「そうでしょう？」
銀色「うん」
鳥「別にどうにもなんないよね。だからって。話はすぐに終わるでしょ？」
銀色「そうそう。すぐ終わるけど、ちょっと気まずさは解消されたかなとか、そういうことは思う。のん気な、安全な人だと思ってもらえたかなって」
鳥「わたし、めったにしない、それ」
銀色「わたしはする」
鳥「じぃーって、なんか。ずうーっと」
銀色「黙ってる？」
鳥「うん」
銀色「嫌いじゃないんだけどね。黙ってるの。疲れてるときは黙ってるよ。沈黙がこわいっていう人もいるじゃない。私はそれはないんだけど。なんか、まあ、ちょっと試したいという実験の気持ちもあって、遊びごころで」
鳥「遊びごころならいいんじゃない？」
銀色「うん。ただ、だからといってね、そんな楽しいことにもならない。効果もないし」
鳥「ハハハ。そりゃそうだよね」
銀色「だってもともとお互いに、沈静してるんだから。お互いになにも求めてないから」
鳥「ハハハ。そうだよね」
銀色「そのときの相手の人の気持ちがわかんないなあと思って。でも別にわかる必要もないよね」

鳥「うん。べつにそういう人はさ、ぜんぜんいいじゃん」
銀色「そうなんだよね。店の店員さんとかタクシーの運転手さんとかなんだけどね」
鳥「だけどね、わたしも、これは自分のためにね、ちょっと、口角をあげて笑っておこうかな、とか、ほほえんでおこうかなとかって、思ったりはする」
銀色「ハハ。それはあるよね。あいづちとかね、ちょっとした笑顔とかね」
鳥「うん。それはね、もっとちがう次元で笑ってんの。だから」
銀色「自分の中では？」
鳥「うん。自分の中では尊い気持ちで笑ってんの。なんか」

恋するっていうことが

鳥「……ホントは恋したことないんじゃないの？」
銀色「私？」
鳥「うん」
銀色「そんなの考えたこともない！　フハハハ……。そんなこと言われても、ちょっとよくわかんないんだけど」

鳥「わたしは恋するっていうことがどういうことなのか、よくわからない」
銀色「自分が？」
鳥「いや、みんなが」
銀色「みんなが？」
鳥「言ってることが。……いや、わかる気もするんだけど……」
銀色「私は、男の人をあまり好きにならない」
鳥「うん。それは年とったからかなあ」
銀色「いや」
鳥「昔からでしょう？」
銀色「たぶん。それ、気づいたのは最近……ていうか、大きくなってからだけど。だって、好きだったら、こんなになってないもん」
鳥「うん」
銀色「フハハハ。好きだったら、たぶん、好きな人がいると思うよ。だれもいなかったもん」
鳥「うんうん」
銀色「けっこう、好きじゃないんだと思うよ。ていうか、好きになれる人がいなかった。本当に」
鳥「でしょ？」
銀色「うん。この人のこういうところは好きとか素晴らしいって、部分的にとか、人ごととしては思うんだけど」
鳥「そうでしょ？」
銀色「いざ自分が実際、近づいてって思うとさ、ぜんぜん」
鳥「そうだよね。私もそうだから」
銀色「フフフ。……だってさ、同じとこにいないんだもん。同じ地面に。だからなんかさ、あんまり身近に感じられないのかな。身近に感じられないのは、それだからかもしれない」
鳥「ん？　なにが身近に感じられないの？」
銀色「なんか、人、っていうか、男の人とか、そういう、人との恋愛的なものが遠くに感じられるのは、たぶん、他の人よりも身近に感じてないんじゃないかなって想像する」
鳥「わたしもそうなのよ」
銀色「でも、どうも人々を見てるとね、ずいぶんと人を好きそうだな〜って思って」
鳥「あれ、だからね、さみしいからだと思う」
銀色「そうなのかな？」

鳥「うん〜、あれねえ……」
銀色「そうかも。私、寂しくないもん。ぜんぜん。感じたことがない。寂しいというのは生まれてから一度もないかも」
鳥「そりゃそうよ」
銀色「いそがしいぐらい。胸に詰まってる感じなんだよね。密度の高いものがぎっしり」
鳥「人を好きになるのは、さみしいからだよ」
銀色「だからあんなに好きになれるんだ」
鳥「うん。さみしさの、なぐさめ」
銀色「それもあるんだろうな」
鳥「だから人を好きになったりするとさ、よけい孤独を感じるわけよ。ていうのはだってさ、人って絶対ちがうじゃない」
銀色「うん」
鳥「で、ちがうのに、その人を好きになろうとするって、孤独がいっそう強くなる」
銀色「うん」
鳥「でも、それを乗り越える恋愛っていうのだったら、あたしはすごくしたいと思うんだけど、いっそう孤独になるんだったら、もう。だってさ、自分とちがうってことばっかりがわかる。たいていの場合」
銀色「うん」
鳥「で、友だちとか、すぐに別れられる場合だったらいいけどさあ、好きになっちゃって、そうやって孤独感がましたらさあ、いやじゃない。それがいいとかいう人いるのかな。わかんない。そこまで考えないのかな？　思ったりしないのかしら」
銀色「うん」
鳥「孤独だー、って」
銀色「思ってないと思う。というか、たぶん、その孤独を愛だと、呼んでるんだろうね。だから、いろいろとドラマが生まれるんだよ。その間違いがなくなったら、すっきりすると思うけどね、この世は。だから、でも、つまんないのかもね。そうなると。人は。ぐちぐちできないから。私はだいたい、好きなものを好きじゃなくなるのが好きだからさ。だって、好きっていうのは、自分の中にほしいけど、今、自分の中にないと、自分が思い込んでるものだったりするでしょ。そうすると、それってとっても、落ち着かなくていらいらするの。自分じゃなくて人を求めるのって」
鳥「わたしはね、本当に好きになるって、自分を見つめることだと思ってる。自分の中にあるからこそ、好きになる」

銀色「うん。そういうようなこと、よく……聞くけど。でも私は、そこまでまだ思えなくて、最初までは本当に自分にないと思って好きになってたんだけど。近づいて、いろいろ見たりして」

鳥「そいでさ、近づいて見てさ、な〜んだ、って思って、いいもん、こっちにあるからって、そういうふうに思うんじゃないの？」

銀色「……ていうか、嫌な部分が強力に目にはいる。そしてもともと魅力を感じてた部分が色あせる。そして、落ち着く。突発的に好きになった場合は」

鳥「別に好きにならなくてもよかった、って思うんでしょ？」

銀色「うん。最終的にはね。でも最初は好きになるなにかがあったからしょうがないよね。そうやってひとつずつ納得していくわけだから。自分の勝手な妄想だったって知ったり。1個ずつ……気づいていく？」

鳥「そう」

銀色「いろいろ気づいていくわけだよね」

鳥「そうだと思う。確認作業。やっぱこれ、好きだったな〜みたいなさ。これ、こういうわけで好きだったんだ、やっぱりな、ここ（自分の中）にあるからって、そういうふうに思って。そういう感じ」

銀色「……自分は自分で、人は人なんだね」

そこへ、高校生の小鳥ちゃんから電話。もうすぐ帰ってくるとのこと。

夕ごはんをどこで食べるか、相談する。行きたい中華のお店は定休日だった。街の中に、おいしいフレンチがあると言ってたけど、駐車場のこととか考えるの面倒だから、私が泊まってるホテルのフレンチにしようかと提案する。

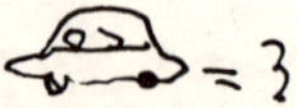

ホテルのフレンチレストラン

高級フレンチ。

小鳥ちゃんとちゃんとしゃべるのは初めて。

でも店内が、なんだか、すごく薄暗い。寒々しいムードだ。

そして、お客さんは、他におじいさん2人が2組だけ。

テーブルについて、メニューを見る。コースは量が多いので、アラカルトでたのむことにする。

いくつか料理の説明をしてもらうが、ある料理を説明してもらったあと、じゃあそれを、と言ったら、「本日はそれはできません」と言われた。だったら、説明する前に、ふつうそう言わないかな？　どうもおかしい。デザートも、タルトタタンをふたつ、とたのんだら、ひとつしかないって言うし、それもなんだか……。3組しかいないのに、なかなかテーブルにきてくれないし。私が、「悪い予感がする」と言ったら、2人もコクリとうなずいていた。

2人いればいい

銀色「クリが言うにはね、なんの理解も持たず、非本質的なものに従うような人々を100人持つよりは、本当に理解してくれる人を2人持つほうがいい、って」
鳥「そうよ」
銀色「でしょ？　だから、1人か2人か3人いればいいかなって。わかってくれる人が」
鳥「象徴的じゃん、2人、って」
銀色「そうなんだよ。2人でいいって」
鳥「だって、きっとわたしの言うことをわかってくれるのも、2人でしょ」
銀色「ハハハ。だから、2人いればいいんじゃないの？」
鳥「そうだよね。その2人っていうところで成り立ってるっていうのがすごいわ」
銀色「成り立ってるのかな？　気持ち的に成り立ってるのか。2人ぐらいいればいいな、って。でもその2人は本当にわかってくれる人なんだよね。かなり」
鳥「3人じゃあんまり多すぎるんじゃない？」
銀色「ハハハ。3人もわかってくれる人がいちゃったら？」

鳥「そうなると、もう、こんどは怖いじゃん。かえって。かえって怖さがくるからさ」
銀色「ちょうどいいのかもね。2人ぐらいが」
鳥「3人になると、今度はほら、組織化しちゃうからね」
小鳥「ハハハ」
銀色「そうだよね！　3人がもう、限界？　組織化の！　そうかもね」
鳥「だと思う」
銀色「だからほら、2人にむかってしゃべればいいんじゃん。そしたらねえ。2人だったらしゃべれるかも。……私も」

子ども

銀色「よかったね。子どもが自分の気の合う人になって」
鳥「私がほら、花がなんて話してる？　って母親に聞かれたっていう話ね、それ全部、この子たちにやったから」
銀色「ハハハ。でもそれ、上の子にも最初やってたんでしょ？」
鳥「うん」

銀色「じゃあ、その反応も、2人とも違った？」

鳥「うん。小さい頃はすっかりはまってた。でもそんなことよりも、もののもっと違った面を知りたがったね。上の子は。どうしてこれは動くのかとかさ、ものの科学的なあり方を論理的に知りたがった」

銀色「うん」

鳥「すごい長いあいだ、わたしのこと、バカだと思ってたんじゃないかなあ」

銀色「ふうん。……小鳥ちゃんは、そのときなんて答えてたの？」

鳥「それはそれは、いちいち答えてた。花になりかわって」

小鳥「ははは」

鳥「なんにでも話しかけるよね、今も」

小鳥「うん？……小鳥とママとしては話してないじゃん。そもそも。花と、なんとかと」

鳥「そうそう」

銀色「どういうこと？」

小鳥「いつのまにかママが、食卓のパンに……なってたりするんですよ。そしたら私はその、食卓のパンがのってる皿になって、パンと皿で話してるの」

鳥「それでずーっと話しつづけてる。パンと皿になりかわって。そこにグラスがあらわれ、グラスも会話に加わり、ストローがあらわれ、冷蔵庫があらわれ、なべやカマもあらわれて会話が広がってゆく」
銀色「それを聞いてて嫌がるの？　上の子」
鳥「べつに嫌がらないけど」
銀色「ふつうなんだ」
鳥「うん」
小鳥「テレビみてるよね」
鳥「うん」
銀色「それを聞いてパパはどうしてんの？」
小鳥「後片付けしてる」
銀色「じゃあ、パパとは気が合うんじゃないの？　上の子」
鳥「まあ、パパ系だよね。思考回路は」
小鳥「でも、好きなのはママ」
鳥「でもパパとの方が話は進むかも。パパは論理的だから」
小鳥「パパとの方が、話、進んでる」
鳥「そうだよねえ。……あの子ってさ、電信柱はどこにつながっていくのかとか、電信柱はどういう働きをするのかとか、そういうことを聞きたがったわけ、私に。でも、そういうことあんまり知らないじゃない」

銀色「うん。実際的なことね」

鳥「なかなか答えられなくてさ。この子はそういうこと全然聞かなかったから。疑問に思わなかったぐらいだから」

銀色「うちの子はまた違うな」

鳥「下の子と上の子で、違いはないの？」

銀色「あるよ」

鳥「気が合いそうじゃないの？」

銀色「下の子がね」

鳥「にこにこしてる感じだよね」

銀色「なんかこう、……私が好きなんだって」

鳥「いいじゃん」

銀色「たぶん私に会うために、生まれてきた感じがするんだけど」

鳥「ホント？　どこが好きなんだって？」

銀色「死なないでほしいって」

鳥「でもそれって、よく、子どもがおかあさんに言うことだよね」
銀色「上の子がそういうこと言わない子だったから、驚いたんだよ。初めて子どものかわいさを下の子で知ったんだよ。ああ〜、みんなが言ってた子どものかわいさって、こういうことかぁ〜って」
鳥「ふ〜ん」
銀色「たとえば、私が帰ってこなかったら、下の子は心配して、上の子はおなかすいたって怒るタイプ。なぜだか自分をものすごく偉いと思ってるみたいで、私の扱いが不満みたい。ただのぐーたらなのに。ぐーたらとして扱われるのが納得いかないようなんだけど。でも、もうここまで大きくなったからいいや」
鳥「いいじゃない、下の子がそんなにやさしいんだったら」
銀色「いいっていうか、どうなんだろうね。まあ、どっちでもいいんだけど。こういう感じか〜、って」
鳥「でもなんか不思議な感じでしょ？」
銀色「なにが？」
鳥「はじめての経験で」
銀色「かわいい子？」

鳥「死なないでなんて」
銀色「そうだね。そう言われたことないしね」
鳥「なかったの？」
銀色「他の人からは」
2人「ハハハ」
銀色「そうそう。だから、子どもだから許せるけど、子どもじゃなかったらいやだろうね。そんなこと言われたら」
鳥「うん。男の人に言われたら？」
銀色「いやだよね。一瞬だけだよ。たぶん、うれしいのは。一瞬……」
鳥「死なないでなんてね」
銀色「だから私、一生懸命言ってるんだよ。死を怖いイメージでとらえてもほしくないと思ってるから、死んでも死なないから、死んでもいいんだよ、って。そしたら、そんなことばっかり言ってたら、もう覚えたらしくて、生きてるあいだに、って言うようになっちゃった。いま、生きてるあいだに長くいっしょにいたい、って。上の子は、そういうことというと、また！　へんなこと、って」
鳥「へえー。どこが好きなの？　その子、あなたの」

銀色「下の子？……わかんない」

　前菜がくる。チキンの薄切りと、フォアグラのテリーヌみたいなやつ。

銀色「これ、コレステロールが高そうだね。……あのさ、ここのお客さん、年とって外まで出かけたくないからここで、みたいな人ばっかりじゃない？　ここから見える2人組はそうだけど」

鳥「こっちも」

銀色「どういうことなんだろう？……この閑古鳥。でもさ、昼間は、いるかもね。お客。そこで食材が回ってたらいいんだけど……。こんな一晩3組だったら、仕入れもケチっちゃうよね……。そういえばさ、さっきのメニューの説明の人もさ、ちょっと積極的じゃないなって思ったのよ」

鳥「うんうん」

小鳥「ふふふっ」

銀色「今思えばさ、普通だったら、本当にさ、プロだったらさ、料理の説明するのって、うれしいと思うんだよね。教えたいじゃん」

鳥「でも、ここに運んできた人も、すごく、くぐもってたね」
2人「ハハハ」
銀色「なんか、みんなさ」
鳥「一歩も二歩もひいてたね」
銀色「そうなんだよきっと、一歩も二歩もひかなきゃいけない状況なんじゃない？　自信をもてないような」
小鳥「そういうときこそ自信もった方がいいのに。おいしいって錯覚しちゃうから」
銀色「人がいいのかな、じゃあ。……なんか、こ、ここ……息苦しくない？　この店」

息ができない

小鳥「ふふふ」
銀色「……息ができない感じだよね」
鳥「時間が止まってるみたい」
銀色「すっごい息苦しいんだけど。……まだね、お客さんはまだいいんだけどさ、ここで働いてる人が、苦しくて……」

鳥「勉強になったね、ひとつ」
銀色「ここがこういうふうだってことが？」
鳥「うん。時間が止まった……時間が止まってる……。そいで、私たちすごく、異分子だよね、この中にあっても」
銀色「うん。……あ、個室があったんだ」
　個室から、20人ぐらいの人々が出てきて、帰っていく。
銀色「みんな静かで、影になってて、すっごく真っ黒に見えるね……」
鳥「めずらしいね、こういうの」
銀色「なんか、お葬式っぽいね」
鳥「小鳥、こんなので、おはなし書けそうじゃない？　こんな雰囲気があったら。いい雰囲気じゃない？　ね」
銀色「みんなシルエットになってる」
鳥「あ！　音楽がないんだ、ここ」
銀色「そうか！　だからこの息詰まり感が」
鳥「それだよ」
銀色「あれで、ふぉわ〜ってなるもんね」

鳥「めずらしいね」
銀色「……べつに今は、悩みもなし？」
鳥「あるよ〜」
銀色「どんな？」
鳥「葛藤が多い。ないの？　悩み」
銀色「今は、ないかな。悩みってほどのものはないけど、嫌なことは時々あるよ」

メインのお料理がくる。お魚のソテー。

銀色「なんで息が詰まるんだろう……ふう」
鳥「ほんとに、ねえ」
銀色「店の人に気を遣っちゃうんだよ。なんでだろう」
鳥「照明が暗いからじゃない？」
銀色「それもあるかもね」
小鳥「表情が暗いね」

鳥「そうなんだよ。……でもさあ、さっきの悩みのことだけど、つぎからつぎへとでてこない？」
銀色「うん」
鳥「不思議なことに悩みってさあ、大きいのがでてきたら、小さいのが消えるね」
銀色「そうだよね。大きいほうに目が行くからね」
鳥「うまくできてるよね。悩みはいくつもいくつもはなくてさ、必ずひとつ、それ相応にあるっていう感じで」
銀色「いっこが消えたら次くるもんね」
鳥「うん。必ずくる。……子どものことで悩んだりするの？」
銀色「うん。上の子がちっちゃいときって、けっこう苦しかったよ。言うことをきかないような子だったから。今はまだいいけどね」
鳥「言うことをきかない……って……。言うことをきかないものだよね、でもね」
銀色「鬼みたいな顔と声をださないときかなくて。それが疲れた」
鳥「そういうとき、怖い話とかをしても、ぜんぜん聞いてないんだね」
銀色「うん。言葉はまず聞いてないね。態度。恐ろしい態度のみ。あんまり怖がらないんだよ、なんにも」

鳥「わたしはよく、なにかが来るよって怖がらせてたりしたけど」
銀色「そういうのは怖がらないね、まったく。いいもん、って言うしね」
鳥「ここってね、ここってね、あのね……なんかが、たたりみたいなのがない？」
銀色「あるあるある。あると思う」
鳥「あるよねえ！」
銀色「寂しいんだもん、だって。ムードが」
鳥「そうだよねえ」
小鳥「ははは」
銀色「あっちの隅とか、怖いよね」

口下手

銀色「……私たちって、みんな、口下手だよね」
小鳥「もごもごしてる」
鳥「もごもごしてて眼光するどいっていうのが特徴？」
銀色「だからさ、ぱっと聞かれて、ぱっと答えられる人っているじゃない？　説教師みたいな。本当にすごいなあって思って。だって、質問されて、すぐ答えられるんだよ、答えを。それ、感心するねって話をね、さっきママとしてたのよ」
鳥「でもまたそれがさ、ちゃんとした答えだと、よけいすごいよね」
小鳥「ちゃんとした答えじゃないことが多いんだよ」
銀色「クリなんてすごいよ。一瞬で答えるよ」
鳥「聞いたことあんの？」
銀色「ない。本で読んだだけなんだけど」
鳥「間があいてんのかもよ、もしかしたら」
銀色「ハハハ。ホントだ。すんごくあいてたりして⁉　私がクリの好きなところはさ、何を聞かれてるかっていうことがすぐわかるところで、その質問の本質的な意味を見抜くとこ。質問ってさあ、質問してる本人が、なにを聞いてるのかわかってないことってあるじゃん」
鳥「うん」
銀色「ある人がね、運命とはなんでしょう、って聞いたのよ。そしたら、君は本当に、その問題に立ち入りたいのですか、って。質問をするのは世界でいちばん簡単だけど、本気であってこそ意味があるから、それについて真に本気でないなら、質問を、しないことにしませんか、って」
鳥「本当に、聞きたいことだけ、聞いてください、っていうわけ？」
銀色「そうそう。むずかしいことを、たやすく聞くな、みたいなことかな。聞いてもわかんないだろうにって。考えもしてないくせにって」
鳥「そうするとさ、もうホントにさ、聞きたいことがあるって人の方が少ないよね」
銀色「そう思う。クリも言ってた。私の話なんて聞くな、って」
小鳥「ははは」
銀色「そういうところが好きなんだけどさ。人の話なんて聞くなって。本も読むなって。どうしてみなさんがここに集まってくるのかが不思議です、って。もし自分の人生を真に生きているなら、ここでこんなことをしている場合じゃないでしょう、他にやることがあるはずだ、みたいなこと」
小鳥「そんなこと言われたら、みんな質問しなくなっちゃう」
鳥「そうだよね」
小鳥「みんな黙るよ」
鳥「聞きたいことないもんね、だって」
小鳥「ほんとに聞きたいことなんですかって言われたら」
銀色「聞かなきゃいけないことなんてね。
……最後、死ぬとき、結局自分が理解してほしいように理解してくれた人はだれもいなかった、って言ったらしいよ。それ聞いたお弟子さんがショックだったって書いてた」
鳥「……もしクリがいたとしたら」
銀色「ハハハ」
鳥「クリになにを聞きたいと思う？」
銀色「……聞きたいこと、……ない」
鳥「でしょう？」
銀色「聞けないもん」
鳥「聞けないよねえ。……なに聞きたいかなあ」

銀色「だって、聞きたいことはないじゃん。知らない人なのに」
鳥「聞きたいことはない」
銀色「怒られそうだし。それに（わたしたち）みんな自分教だからさ。しかも信者も欲しくないんだよね、いても。2人しか」
鳥「うん」
小鳥「ははは」
鳥「じゃあクリのなにを聞いてるんだろうね」
銀色「だから、私の場合はあれだよ。私がいつもたどたどしく考えてることを、クリがとっても流暢《りゅうちょう》に言ってるから、そうそう、これこれ、って。視界が明るくなる感じ」
鳥「そういうことだよね」
銀色「だから私は本でいいの。質問しなくても。話を聴かなくても。誰かに会うにはその人のところに行かなきゃいけないし。でもあの人の本はむずかしいからあんまりよくわからないんだけど、すごくいいことが書いてあるような気がして文を見てるだけでもときどきハッとする。……私は本が好きなんだよね。本の中の情報になったものが好きみたい。なんでも。おいしいお店でも、食器でも雑貨でも、旅行でも、それこそ本でも。本に載ってる小さな写真と短い説明という形が好き。実物そのものよりも、そっちが……。でもあれだよね、自分がまだ考えてないことだと、本の中のその箇所を読んでもピンとこないっていうのがおもしろい。ピンとくるとこはさ、考えてることなんだよね。人の話でもなんでも」
鳥「……宇宙の中に私がいて、私の中に宇宙がある、っていうことをなんか言ってたような気がしたけど」
小鳥「あの本（私が送った本）？　最後に書いてあったよ、そういうこと。いちばんあとがきのとこに」
鳥「すべての中に自分がいて、私はすでにいない、っていうやつでしょ？」
銀色「……そういうことは、みんな、昔から言ってるよね。そういうようなこと。さっきもそういう話をしたけど、だからみんな言ってることはいっしょだよね。基本的なことは」
鳥「うん」
銀色「だからもう、聞くことも、言うこともないんだよね。むやみやたらに。自分で歩いてたどり着かなきゃいけないんだもん。知識としていくら聞いても、自分が自分の力で本当に気づくまでは、本当の意味では気づけないし。しゃべることもないよね」
鳥「それじゃあ、だけどそしたら、なにをしゃべったらいいの？」
銀色「わたしたち？……楽しいことをしゃべるんじゃない？」

コープで

鳥「なんか、すご〜く素敵な人とか、見たりしない？」
銀色「ん？　人で？」
鳥「こないだいたの。すっごい。コープの中に。ギリシャ神話からぬけだしてきたみたいな人が」
銀色「うん」
鳥「そいで、そのあとわたしはすっごく気をつけていて、いつなんどき会うかもしれないと思って、ものすごく、わりと気を張ってたんだけど、コープに行くときに」
銀色「うん」
鳥「1回も会わないの。どこ行っちゃったんだろう。そういうのってきっとあるんだよね。そういう素敵な人って、必ず見えなくなるの」
銀色「うん」
鳥「気を張ってるときには、きっと会わないんだわ」
銀色「何が素敵だったの？　見た感じ？」

鳥「この世のものじゃなかったのよ」
銀色「ふうん。どんなふうだったんだろう……」
鳥「この世のものじゃなかった、って。もう……この世のものじゃないのよ。別世界の人だもん。びっくりしちゃった」
銀色「ふつうの感じなの？　じゃあ、人から見たら」
鳥「だから、ふつうじゃないって。この世のものじゃないって！」
銀色「ふ～ん」
鳥「わたしがびっくりしたのは、他の人が、平気に行き交ってて、わたしみたいに仰天してなかった、ってことが、そこが不思議だった」
銀色「仰天するぐらいだったの？」
鳥「もう、ホントに」
銀色「ちょっと教えてよ、具体的に」
鳥「その人？　そもそも美しさが際立ってたわけよ。まず、美しいわけ。そいで、その美しさが、この世のものじゃないような美しさだったの」
小鳥「なに系？」
鳥「だから、ギリシャ神話系だよ」

銀色「若いの？」
鳥「若くてそのまま、ほら」
銀色「ほんとにあんな感じなの？」
鳥「そのまま飛んでいきそうな。羽のはえた。さっとシャツを脱いだら、背中につばさをしょってて、そいで、こう、飛んできそうな感じ」
小鳥「へえ」
鳥「見たことないでしょ」
銀色「うん」
鳥「その人がしわくちゃなおばあさん、引き連れてたのよ」
銀色「そのおばあさんの、まご？……でも、それ、私が見ても、そう思わないかもね」
鳥「そうかもしれない。わたしにだけ、見えたのかもしれない」
銀色「私が見ても……、そんなふうには思わないかも。他の人たちもそうだったんなら」
鳥「でも、まあ、そういうもんでしょう」
銀色「でもそこで、そこに走って行ったりはしないんでしょう？」
鳥「絶対しない、そんなこと。だって、そんなの、意味ないじゃない、だって。すごく、見てんのが好きなんだから。その子とおばあさんを」

小鳥「ふふふ」
鳥「ね、その人とおばあさんの取り合わせが、またいいんじゃない。その人とおばあさんが消えてくのを見るのが好きなのに。絶対そんな、近づかないわ。ねえ」
銀色「ふうん」

おじいさん2組のうちの1組が帰っていった。

鳥「今の人、かえるのおじいさんみたいだったね。お月様がしわくちゃになったみたいな顔してたね」
小鳥「そうそう。満月会議にでてきそうな」
鳥「にせお月様の感じがすごく」

デザートがきた。私は、スフレ。みんな、すごく量が多い。ボーイさんが、たのんでもないのにスフレの中にオレンジを甘く煮たシロップをぐいぐいと全部、入れてくれた。

銀色「ハハハ、すごく大きいね。ハハハ。それに、すごく甘い」

次にボーイさんがコーヒー、紅茶などいかがですか？　と聞いてきたので、紅茶で、アールグレイをたのんだら、「アールグレイ……お時間、いただいてよろしいですか？」なんて言うから、ふつうのでいいですと言う。

銀色「私さあ、いま、このスフレの、深さを確認しちゃったよ。フォークで。かなりある。……スフレってもっと、こう……ふわあっとしてて、押すと消えてなくなるようなふんわりさじゃなかった？　これ、ホットケーキみたい」
鳥「……すごく多いよねえ」
銀色「それタルトタタンだっけ。りんご、すごい量だね。小鳥ちゃんのはなに？」
小鳥「これは、カスタード……」
鳥「わたしなんか、一生懸命」
銀色「でも、むりに食べないようにしようよ。……オレンジの入れてくれたけど、やけに、あんときだけ、やけにさあ」
鳥「明るく」
小鳥「積極的に入れてた」

銀色「うん。不思議だったねえ、今までそんな態度なかったのに」
小鳥「異様だったね」
銀色「どうしたんだろう。ほんとに、よりによっていちばん……きてほしくない時だけ、きて」
2人「ははは」
銀色「だから、すべてが一貫してるよね。若い女の人むきじゃないよね」
鳥「うん」
銀色「量といい、感じといい、なんか、時代……」
鳥「時代がかってる。取り残されてるんじゃない？」
銀色「だからだよ。だって、おいしいものを好きな人たちって、こういうとこ、来ないよね……しょうがないよね。ほら、最初行こうって言ってたとこがお休みだったし」
鳥「うん……」
小鳥「そうなの？」
銀色「中華」
鳥「でも、いまごろ言ってもしょうがないし」
銀色「あるよね、時々こういうこと」

鳥「勉強になったね」
銀色「うん」
鳥「こんなこと、なかなか経験できないかもよ。時代を越えた……？」
銀色「そうそうそう」

しばらく沈黙したまま、3人とも、もくもくと、それぞれの皿のデザートを食べる。

銀色「なんか、口数もすくなくなって……」
小鳥「ふふふ」
鳥「みんな一生懸命なんだよ」
銀色「無理に食べなくても……多いし」
鳥「うん。あ、すごいね、小鳥」
銀色「よく食べたね」
小鳥「わたし、この中では少ない方だった……」
鳥「ホントねえ。どうしよう」
銀色「だって、そのりんごのカラメル煮みたいなの、すごかったよねえ、積み重なってて」

鳥「……見てごらん!」

いつのまにか、テーブルにチョコレートがでてきてる。

銀色「こんなに残しても怒られないかな……。だいじょぶだよね」

鳥「甘いから。時代に、ちょっと乗り遅れてるんだよ」

銀色「ね、こんなんじゃないもんね。今、女の人が好きなのって。ちっちゃくって、きれいで、甘すぎない。料理も。……下のあそこのロビー、あそこに行きたいね。最後に、口直しじゃないけどさ。だって、息がつまったままだとさ、いやじゃない? なんか。息、つきたくない?……早くでたいよね。早くでようよ」

鳥「中世のさあ……」

小鳥「ん?」

鳥「中世の、なんかね。……中世まで行くかなあ」

銀色「幽霊レストランみたいじゃない?」

鳥「そう」

銀色「本当は、ここには、だれもいないんだよ」

鳥「で、あたしたちだけが、こんなふうにして、あまいお菓子をつっついてるんでしょ?」

銀色「そうそうそう。それぐらい生命力みたいなのが感じられないよね」

鳥「なんか、空いてる席も、こわい……」
銀色「だから、だれもこないんじゃない？　食材もさ、食材もちょっとケチってるのか知んないけどさ。そろえてないし」
鳥「ほんとだよねえ。どうしてなかったんだろう」
銀色「ないのが多かったもん。タルトタタンも1個しかなかったし。まあ、1個でよかったけど」
鳥「最初からないのかな」
小鳥「あはは」
銀色「うん。たぶんさあ、そろえても、だれも食べないから、少なくしてるんじゃない？　だからさ、説明のときにさ、あんな引き気味なんだよ。全部が」
鳥「そいで最後だから、元気よく！」
小鳥「ふふふ」
銀色「最後だから、あのオレンジのたれを、元気よく入れてくれてね！　行こうよ、あっちに。下に。……気を悪くしないかな。残しちゃって。気を遣っちゃう……」

「どうもありがとうございました〜」と、数人で、エレベーターの戸が閉まるまで、見送ってくれた。エレベーターの戸が閉まる。

脱出

3人、アハハハと笑う。
銀色「やっと逃げられたと思わない？　すんごい苦しかったもん。最初、入った時からさ、息が苦しくって。まず、あの、薄暗さからさあ」
鳥「音楽がなかったのよ」
銀色「入ったところが暗くて、中に入ったらいいかなと思ったけど、中はもっと薄暗かったでしょ？」
鳥「うん。最後、すごい丁寧だった」
銀色「それはもう、帰るからじゃない？」
鳥「すごく高かったね」値段。
銀色「ねえ」
小鳥「うん」
鳥「びっくりしちゃった」

銀色「でも、それもあるのかもね。あんなに高いから。だれもこないよね。今はだって、もっとさ、気がきいて、一生懸命でさ、お客様のことを考えてやってるような素敵なレストランっていっぱいあるじゃん」

2人「うん」

ロビーに着く。

銀色「……あそこにすわろうよ」

鳥「あれってでも、最初の段階でさ、失礼しますって逃げ出すのはあんまりなのよね、きっと」

銀色「あの店?」

鳥「入ったとたんに、ちょっと、って」

銀色「そうなんだよ。ホントは最初の段階で気づいてたんだけどさ。薄暗さと、お客の少なさで」

鳥「そうだよね」

銀色「でもあそこまでとは思わなかったな。あそこまで、徹頭徹尾、あんなとは思わなかった。ちょっとはいいところあるかなって思ったけど、やっぱりそういうことはないよね。だいたい、すべてがそうだよね。神は細部に宿る、ってこういうことだよね」違うか。
鳥「ハハハハ」
銀色「どんなちっちゃいところにも、そこのすべてがあらわれてんの」
鳥「おどおどしてたよね」
銀色「でも、これをいい勉強ということで、今度からはちゃんと、いきいきしたところを頑張ってさがそうよ。私も今日はさ、面倒くさいから、ホテルでいいかって言ったじゃん」
鳥「わたしも。休みだったし、とかって思って」
銀色「ここまでとは思わなかったんだもん。世の中がすさんでるのかな」
鳥「すさんでるっていうか」
銀色「なんなの？」
鳥「やる気がないんだよね、もう。もう別に、どうだったっていいって思って、どうせ来るのは、変な人ばっかしって。すごかったよね。あそこにいたおじいさんもすごかったし。ホント、おじいさんしかいなかったね」
銀色「たったの3組だよ。あんな広いお店で。……あと、団体がひとつ。……あ、でも反対側の部屋のコーナーにカップルがいなかった？」

鳥「そんなのいた？」
銀色「うん。帰るときに、見えたよ、1組チラリと」
鳥「ホント？」
銀色「うん。違う部屋。あっち側はちょっと、いきいき感があるのかな？　夜景が見えて」
鳥「ううん〜」
銀色「でも中味はいっしょだもんね。メニューはね。同じだよね。ないよ」
鳥「うちの近くのあのレストランの方が」
銀色「なに？　そこにすればよかった？」
鳥「火曜日、休みなんだよ」
小鳥「ん？　なんか、変なオウムがいたとこ？」
鳥「あの方がいい店じゃない？」
小鳥「うん。雰囲気がちがう」
銀色「いきいき感がいちばん大事だと思わない？　食べ物屋って」
鳥「それとやっぱり、こう……」
銀色「なに？　おもてなしのこころ」
鳥「うん」

銀色「やっぱりさあ、ホテルの中のレストランって……。自分たちでやってるとこの方が、やる気があるかもね」
鳥「そいであの人たちは、どうせここにくるのは変わり者ばかりだと思ってるから。すごくひさしぶりだったんじゃない？　若い女の子もいて」
銀色「だからちょっと変だったのかな？　対応が」
鳥「すごくおどおどしたんじゃない？」
小鳥「おどおどしてたんだよ、たぶん」
鳥「そいで最後はさあ、ようやくいなくなったと思って晴れ晴れしたんだよ」
銀色「だから、よかった、って。むこうもちょっと気の毒がってたんじゃない？　私たちのこと。間違ってきちゃったって思ったんじゃないかな」
鳥「そりゃそうだよ。どうしよう〜と思ったんじゃない？」
銀色「そうかもね」
鳥「だってあんなのおかしいって。音楽流さない？　ふつう」
銀色「どうしたんだろう」
鳥「ふつうの食堂みたいだったでしょう？」
銀色「そうそう」

鳥「妙な、食堂じゃないけど、なんか」
銀色「薄暗い集会所」
小鳥「でも薔薇《ばら》とか飾ってあったよ」
鳥「薔薇は飾ってあったけど」
小鳥「いきいき感のない薔薇が」
銀色「うん」
小鳥「コックの人、ずっと話してたんだよ、おじいさんと」
鳥「ホント？」
銀色「知り合いだったんじゃない？　常連かな。……あのさあ、ハハハハハ、あの、魚の、なんか焼いたのってさあ、おいしかった？」
鳥「…………」
銀色「ソテーがあったじゃん、ソテーが」
鳥「うん、食べたよ」
銀色「ぜんぜんふつうだったんだけど。家で作るみたいな感じで」
鳥「ふつうだったよね」
銀色「味も」

鳥「ふつうだよ」
銀色「ねえ！」
小鳥「なんてことなかった」
鳥「すごい高いよね、でもあれ」
銀色「うん。一皿、4000～5000円しなかった？　メインのやつ」
鳥「なんで？（ビルの高さが）高いからかなあ」
銀色「そうかも」
小鳥「人が来ないから」
銀色「ふつうの人は来ないよね。知らない人しか」
鳥「だからこういうふうなさ、間違った人以外は来ないし、そういう人たちは二度と来ないでしょ？　だから来るのはおじいさんばっかりだよね、常連の」
銀色「……いい経験か」
鳥「そうだよね」
銀色「経験っていっても、なんか、ハハハハ」
鳥「でもあそこを舞台に話が書けるって、小鳥」
銀色「あそこを舞台にね」

鳥「書けるじゃない。……脇役でよ」
銀色「確かにね」
鳥「脇役の変わった人が、ああいう幽霊レストランみたいなのを経営してるかもしれないよ」
銀色「でも、クリスマスのときには、知らない人が行くんじゃない？」
鳥「いく。そうするとちょっと活気がでるのかな。たくさんの人がいれば」
銀色「人がいればでるかもね」
鳥「他にだれもいなかったからよけいだよね。くらがり……」
小鳥「ふだんの日は来ないよ」
銀色「……ホント最後うれしそうだったわ。エレベーターに乗るとき」
鳥「すっごいうれしそうだった」
銀色「あの人たちもきっと息がつまってたんじゃない？　見慣れぬ客が来て」
鳥「いつものおじいさんじゃないから？」
小鳥「最後の方、すごくいきいきしてたよね」
鳥「うん。コートをくれるころから、ずいぶん」
銀色「だって最初さあ、メニューを置いてから、なかなか聞きにこない……。ふつうさあ、なにかわからないことありますか？　って来るじゃん。あの聞きにこない感じが、やけにおよびごしで、変だなあと思ったのよ」
鳥「うん」
銀色「ちょっと異質だったからかな、私たちが」
鳥「わたしたちが異質だったから、およびごしだったんだと思うよ。他の人たちはもう、溶け込んでたじゃない」
銀色「私たちがおじいさんだったらよかったんだよね」
鳥「そう」
銀色「おじいさんだったらよかった」
小鳥「ははは」
鳥「最初のボーイは、本当に嫌そうに暗く説明してた」
銀色「説明してなかったもん、ホントは、内容を」
鳥「聞こえなかったじゃない」
小鳥「なに言ってるのか」
鳥「うん。ただ、えびがないってことは、わかったけど。そいでね、スープ仕立てでね、スープの中に泳いでるって言ったんだよ」

銀色「そして、その味を聞きたかったんだよ。私は。そのスープの味をさ。なのに、どんな味ですか？　って聞いたのに」
鳥「ためらってたね」
銀色「うん。知らないのかなあ、あの人」
鳥「知らないんじゃない？　ホントは、ないんじゃない！」
銀色「ないから！」
鳥「ないんだよ、あれ」
銀色「そうかもしれない」
鳥「ただ、スープの中で泳いでるって言うように、って言われてるのかもしれないけど」
銀色「でも、スープの中で泳いでるって聞いたとたん、なんか意外な感じがしなかった？」
鳥「した。でも、アルコールはとんでるって、自慢げに言ってたよ」
銀色「うん。言ってたね。……でも、それ、ないんだよね！」
鳥「ない」
銀色「なんであそこまで説明して、説明し終わって、考えさせて、そいで、それを注文させてから、ないって言うのかなあ？　そこで、すでに、私、すっかりさあ、マズイ、と思ったんだよ。あそこで」

鳥「わたしだって思ったよ」
銀色「ないものの説明をあんなにするかなあ。それをおかしいと思わない感覚が怖かったよ。そこまでマヒしてるのかって。もう、客に対する……、いちばん最初に言わなきゃいけないことを言ってないわけじゃん」
鳥「どう言わなきゃいけなかったの？」
銀色「だからさ」
鳥「このえびはどうですか、って……」
銀色「このえびのなんとか仕立てってなんですか、って聞いた瞬間に、すみません、本日は、って」
鳥「そのまますぐに言わなきゃいけなかったんだよ」
銀色「それをおいしそうって思わせる前に、味を想像する前に、すみません！　本日、きらしておりまして、って」
鳥「すみません！　って感じでね」
銀色「そうそうそう」
小鳥「すごい申し訳なさそうな感じで」
銀色「そうそう。間髪おかずね。そしたら、それを食べようっていう気持ちがわくまえだからいいのよ。……わかせてからさあ」
鳥「そのかわりこれはいかがですか、とか、これもおいしゅうございます、みたいな。そんなふうに他のをすすめてくれたりするとかねえ」
銀色「……おいしければいいんだよ、別に」
鳥「うん」
銀色「うちのフライパンで焼いたみたいな味でさ。魚。……デザートもね」
鳥「うん」
小鳥「たいしたことない」
銀色「ぷぷっ。紅茶も、私がアールグレイってんのにさあ。アールグレイも時間かかるって！」
鳥「時間かかるって言ったねえ！　ないんだよ」
小鳥「ハハハ」
銀色「お時間いただければ、ってこれ以上かけたくないよね。下手なこと言わなきゃよかったね。私もう、ホントは、アールグレイって言わなきゃよかった」
鳥「元町の方にいったらよかったね。でもそんなこともう言っちゃいけないの」
銀色「そう。だって、一応、今日は」

鳥「すごく、たのしかったし」
銀色「あそこなりの雰囲気、味わえたしね。こういうとこ、あるっていうことで。静かにしゃべれたし」
鳥「うん」
銀色「ちょっと口が重かったけどね。息が詰まって」
鳥「うん」
銀色「すごく息苦しくって」
鳥「だって静かなんだもん。静かっていうか……」
銀色「あんまり静かすぎるのもなんかね。ちょっとくらい、カチャカチャっていうか、解放感がないと」
鳥「うん、うん。そいで、バックグラウンドミュージックに、あのかえるじいさんのぼそぼそした、明石のたこがなんとかっていう話がずーっと聞こえてるしさあ」
小鳥「それがバックグラウンドミュージックだったね」
鳥「うん。あのじいさんの声がね。……これって、意味のある話じゃないけどさ、ずーっと止まらず話しそうな、話のたぐいだよね」
銀色「なんかさ、なんか、あそこにはいったとたん、もうあそこの話しかできないくらい、あの店にとりつかれた、つかまったみたいで。あの雰囲気に」
鳥「うん」
銀色「だって、最初っから、鳥、機嫌悪い顔してたよね。あのメニューの人のだめさを見た時から。私も、あっ、と思ったけどさ、顔見たら、すっかり、ぐぐもってたもん。なってたでしょ？　鼻息荒く、みたいに。こんなして」
鳥「だって、ハハハ……、ああ〜、おかしい。……めずらしいよ。よかったんじゃない？　わたし、あんな、おじいさんがバックグラウンド……ミュージックなんて店、行ったことないもん」
小鳥「行ったことない」
銀色「よりによってね。……最初の店がお休みだったことも、ここにくるための布石だったんだよね」
鳥「……でも、すごい、ホントによかったわ」
銀色「ん？　なにが？」
鳥「だってすごい、楽しかった。ああいうふうなのね」
鳥「ほかの話ができなかったね」

銀色「うん。あそこの店のことばっかだよ。すごいインパクトあったもん。とうとうこればっかり」
鳥「幽霊レストランのかえるじいさん」
銀色「ふりかえって見ればよかった。そのかえるじいさん。ひと目でも。あんな急に帰っちゃうなんて思わなかったから」
鳥「顔描いてあげる」
小鳥「ちらっとしか見えなかった」
鳥「ホントに？……こんなふうになって、こんなふうだったのよ。う〜ん、ちょっと、目がねえ。こんな……うーん。でもこんなに人がよさそうじゃなかったのよ」
銀色「人がよさそうじゃない顔だったの？」
鳥「ぜんぜん。描いてみて。……そうそう、こんな感じこんな感じ」

描いてみました（銀色）。↓

自動書記

鳥「むかし、自動書記とか、そんなんしたじゃない？」
銀色「どっか行ったときにね。交代で書いたよね」
鳥「うん。なんにも考えずに」
銀色「ぱぱぱってね」
鳥「考えちゃいけなくて、そのまま書いたんだと思う」
銀色「そうだ。そして、1分ぐらいで交代して、書いて、渡して、書いて、渡して」
小鳥「おはなしになってたの？　それ」
鳥「おはなしじゃなくて」
銀色「詩に近かったよ。短文かな」
鳥「なんにも考えずに。絶対考えちゃいけなくて、こころに浮かんだものをそのまま書くの」
小鳥「ああ」
鳥「そのまま。絶対。そしたら、……ふふふ……おもしろいものがでてくると思って。でてきたよね」
銀色「うん。でてきたよ」
鳥「意外とおもしろいものが。でもほら、そこでちょっとでもつくろっちゃうと」
小鳥「だめなの？」
鳥「うん。……あれってシュールレアリスムで流行《はや》ってたやつだよね」
銀色「うん。でもあれ、やるのはおもしろいけど、人は読んでもおもしろくないかもね」
鳥「うん。人はおもしろくないかも」
銀色「人はおもしろくないよね、あんなシュールレアリスムみたいなやつは。全然ね」
鳥「そうそう、こないだわたしさ、きのうか！　きのうの話だよ。『百頭女《ひゃくとうおんな》』っていうさ、今世紀最大の奇書とかいうさ、読んだことある？」
銀色「読んだことないけど、聞いたことある」
鳥「うん。えーっと、なんていう名まえだっけ」
小鳥「エルンスト」
鳥「エルンスト！　もう絶対この今世紀最大の奇書っていうのを読みたいと思って、アマゾンで注文したら、もうびっくりしちゃって」
銀色「どんなだった？」

鳥「え？　気持ちが悪くて」
銀色「わけわかんない感じ？」
小鳥「ぜんぶ、絵本なの」
鳥「絵本だった。コラージュ」
銀色「ああ〜。じゃあ、あんまり、意味があってない、みたいな感じだ」
鳥「それが、ふたつも買って」
銀色「なんで？」
鳥「興奮して（笑）」
銀色「ふたつも買うほどいいと思ったわけ？」
鳥「思ったの、なんか。そしたらもう、大間違いで。……シュールレアリスムっていうのも、ほんとに」
銀色「最低限、人にわかる意味がないと、どうも私は。ひとり言に近いよね、そういうの」
鳥「すごくもう、これを、ひそやかな楽しみとして、いつもいつも、繰り返し繰り返し、ページをめくるとかってうしろの方に書いてあって」
銀色「そういうふうに楽しむんだ」
鳥「そう。楽しむ人もいるみたいだから」

銀色「楽しめる人は」

もごもご

銀色「今何時ぐらいだろう。9時か。いこっか、もうそろそろ」
鳥「もう？」
銀色「うん。言い足りないことがあったら、メールで言おうよ。じっくり考えられるから」
鳥「あのさあ、口からでてこないんだよね、胸の中にあるのが」
銀色「うん。でもけっこうしゃべった」
鳥「それでもね、それでもしゃべったと思う。きょうは」
銀色「しゃべらない割には、よくしゃべったよ」
鳥「いつも、こんなにしゃべる？」
銀色「………」
鳥「ひとつはね、こういう話はしゃべり慣れてない、ってことがあるでしょう？　頭ん中では考えてても」
銀色「うん」

鳥「ふつうの人とはしゃべらないもんね、だって、あんな話」
銀色「私はだって、今年、しゃべり始めたんだもん」
鳥「ずいぶん慣れた？」
銀色「慣れたんだよ。私は、もっと前は口が重かったからさ。もごもごもごって」
鳥「それ、わたし。もごもごしてるの」
銀色「私はだいぶ最近慣れてさ。今年。しゃべってたから」
鳥「でもふつうの人と話すのも、あれじゃない？　もごもご」
銀色「うん。私、ちょっと前、去年、おととしぐらいはさ、ふつうの人ともあんまりしゃべらなかった」
鳥「それ」
銀色「そしたらね、しゃべろうとしても出てこないの」
鳥「出てこないよ」
銀色「あるんだよね、あれね。びっくりしちゃった。口から……、もたついてるんだよ、言ってることが。ふつうのことなのに、それがでてこなくて、驚いたことがあった」
鳥「そう。いつももたもたして」
小鳥「わたしもそう」

鳥「そいでしゃべると、からまわり」

銀色「ハハハ」

鳥「言い足りなくて。印象だけを言うから」

銀色「だから絶対しゃべるのって訓練だよね。うまい人って、なんかさ」

鳥「うらやましいよ。ホントああいうふうにしゃべれる人は。でもパパに言わせると、べつにぺらぺらしゃべれるからって、いいわけじゃないって」

小鳥「すごい、からっぽなのに、ぺらぺらしゃべって、しかもそのしゃべりでみんなをはーってさせる人っていますよ、本当に」

鳥「まるで中身があるみたいなしゃべり」

小鳥「中身があるみたいにしゃべるんです」

鳥「一瞬とまどうんだよ」

小鳥「ぜんぜんわかってないことでも、わかってるように」

鳥「そいで、こう言ったら、ああ返す、こうしたら、ああ返す、って」

小鳥「口だけはまわるよね」

銀色「それだけはできない。こう言ったら、ああ言うが、まさにダメ」

鳥「わたしも」

銀色「う、ううっ、ってなっちゃうから」
小鳥「もごもごしちゃうの」
銀色「口下手、ってどういうことだっけ。言いたいけど、言えないってこと？」
鳥「だから、もごもごすることよ。それと、あとは」
銀色「表現できないの？」
鳥「表現できないのかな？」
銀色「言いたいことがあるけど、うまく言えない、みたいな感じだよね」
鳥「言えるときもあるんだよ」
銀色「うん」
鳥「わかった！　わたし、わかった」
銀色「なにが？」
鳥「あのね、ものすごい長いあいだ、わたし、言いたいことを素直に表現してこなかったから」
銀色「私もそれはあるかな。しゃべりに関して」
鳥「でしょう？　だって、言ったってわからないし、言ったってしょうがないって思うことが、多々あるから、あんまり言わなくなった」

銀色「私は、20年ぐらいはずっと言えない感じできて、で、大人になったら言ってもいい感じになって。でも、うまく言えないんだよね、やっぱり。慣れてないと」
鳥「慣れだよね、やっぱり」
小鳥「慣れたらしゃべれるようになるかも」
鳥「しゃべれた方が誤解はないよね」
小鳥「あと、よく考えてることはしゃべれるけど。ずーっと考えてること」
鳥「そうかもしれないね」
銀色「なんか私さ、人としゃべっててさ、なんか言おうとするじゃない、自分が。そうすると、相手が、すごく聞く体勢をとってくれるときがあるのよ。真剣に耳を傾ける、みたいに。そうすると、急に、言えなくなっちゃって、たどたどしくなる。ちゃんと聞いてくれる雰囲気になったとたん」
鳥「わたしも言えないよ」
銀色「なんかさ、うわっ、すごい、この人、聞こうとしてくれてる！　って思うとドキドキして、ずれたことを言ってるの。口が。なんかすごいずれてるって思いながら、ずれたまま言い終わっちゃった、っていうことがけっこう多かった、ちょっと前」
鳥「うん」

銀色「人が急に聞いてくれるあの雰囲気。あれを感じる。ここ2〜3年」
鳥「あ、そう」
銀色「おとなの人が、耳を傾ける感じがさ。水道屋さんとか……」
鳥「言えなくなるよね。わたし、なんにも言わなくなる。なっちゃう。ホントに。そうなると。キューって。キュッと止まっちゃう。なんにも言えなくなって」
銀色「私なんてさ、うまく言おうと思って緊張してさ、力こめるんだけど、……そうすると、ますますね。この人はわかってくれるっていう場合は緊張しないんだけど、絶対わかんないだろうなあっていう普通のいい人のときにそうなる。共通点がなさそうなとき、特に」

書くタイプ

鳥「お題があったら書けるんだけど、きっと」
銀色「私たち、書くのが得意かもよ、きっと。書くのは得意なんじゃない？」
小鳥「うふふ」
鳥「時間があったらね。すごく、黙って考えることができるでしょ」
銀色「じゃあさ、お題を、もって帰って、家で書くのがいいんじゃない？　じっくりと」

鳥「そうそう」
小鳥「夜中に思いついたりするから。あ、こう言っとけばよかったって」
鳥「言うのってその場で消えちゃうから。やっぱり」
銀色「私たち、書くタイプだもん」
2人「ハハハ」
銀色「今、思ったら」
鳥「そう」
銀色「だよね」
鳥「言えるけど書けない人って多いじゃない。貴重よ」
銀色「そういえば私、書き始めると！……なんでこんなことをって」
鳥「そうそうそう。そうなの！　あのね！」
銀色「だから私、すごく、自分でね、ばーっと筆が走っちゃうんだよね。あるひとつの感情で。しかもどんどんでてくるの。でさ、走りすぎる時があって、ここまで思ってないんだけどな、っていうときがある。あれ、でも、……いいのかな、あれで」
鳥「いいんだよ」
銀色「走るままで？」

鳥「うん」
銀色「行き着くとこまで行っちゃうんだよね。思ってもなかったような」
鳥「だって、それって、よく言うあれじゃない？　ほら、なんか、天下りっていうやつじゃないの？　どなたかが、いらっしゃったっていうやつじゃないの？」
銀色「そうかな？　でも、そんな感じでもないんだよ？　そんないいんじゃなく……。思いがさあ、ちょっと調子に乗っちゃうんだよね。自分の意見とも違って」
鳥「自分とも違うっていうのはあるね」
銀色「もう、つるつるつるつる行っちゃうの、なんかそっちの方向に」
鳥「わたし、でも、すごくいいと思う」
銀色「ハハハ。いいのかな」
鳥「うん」
銀色「でも1回そこから抜けると、違うんだけどね、もう。この意見は私じゃないんだけど、みたいなさ。うそじゃなく、本当なんだけど、それぱっかりでもないような」
鳥「だから、思ってもみなかったことも、書くときには書けるけども、言う時って言えないよね」
銀色「うん。つるつるとはね」

鳥「きっとそれって、ふか〜いところにあるから、書いてるうちにどんどん時間をかけてでてくるんだけど、しゃべってる時にはでてこないんだよね」
銀色「そうだよ。しゃべるのは違うんだもん。なんか、使うところが」
鳥「違うと思う」
銀色「ねえ。しゃべるのがうまい人は、そこがうまいんだよね」
鳥「うん」
銀色「あの人たちも、つるつるでてるんじゃない？　口から。講談師みたいな人」
鳥「口からつるつるでるの」
銀色「ディベートが得意な人とか」
鳥「うん」
銀色「……あのディベートとかどう？」
鳥「すごいよ」
銀色「すごいよね、ディベートがうまい人とかさ、論争ができる人とか、感心しちゃう」
小鳥「ずーっと話し合いとかしてたから」学校で。
鳥「小鳥たちね。しゃべれなくて大変だったよね」
小鳥「話し合いとかしてて、みんなしゃべれって言われるんだけど、こまる、話せないって思ってもたもたしているうちに……」
銀色「時間は過ぎていくよね」
鳥「でもそれってさ、本当に。まだあなたみたいにね、書く機会を与えられてるときはいいけども、なかなかそういう機会が与えられない場合は、誤解を生んでるよね」
銀色「そうだよね、発露がどっかね」
鳥「誤解を生んじゃうんだよ、ほんとに」
銀色「うん」
鳥「誤解されてると思う」
小鳥「もごもごしているうちに」
銀色「でも書くのも書くのでまた、誤解を生むときがあるけど。でも、もごもごよりはいいよね」
鳥「ぜったいお題があったら、書けるわ」
銀色「でも、お題が自分の今まで考えたことのあることだったらいいけど、考えたことのないことだったら……」
鳥「そうだよね」
銀色「まったく興味のないことだったら、書けない」

鳥「なんとか経済とか？」
銀色「うん」
鳥「そりゃ書けないよね。でもすごく、私よりもジャンルは、幅広くありそう」
銀色「そうかもね」
小鳥「ジャンル、せまいもん」
鳥「ジャンルせまい」
銀色「でも、その中で奥深いじゃん」
鳥「それだけ、っていう」

私の中に何人か

銀色「私は、私の中に何人かいるでしょ？　それぞれの意見があって、その時々によって、それぞれの人がでてくるからさ。あの……なんか……、なにか思うとして、それをさ、ある人が思うときと、こっちの人が……、Aが思うときと、Bが思うときと、Cが思うときで、結論が違うんだよね。だから、今、自分がどれかってことによって、思ったことの結論がちょっとずれる。同じような感じなんだけど、ちょっとずれていく。同じことについて考えても。……だから、同じテーマで書くんでも、そのときに自分がどこにいるかによって、トーンが変わる。だから、同じことを、繰り返し繰り返し、違う人で考えてるから、同じ話題を違う観点で……だから人から見たら、たぶんね、またこの話？　って、またこのことを言ってるって。私からしたら新鮮なんだけどさ、常に」
鳥「ハハハ」
銀色「だって、ちょっと違うからさ。書いてる人が。自分じゃあ、もう、新たに考えてるわけ。私の中の別の人が。だからすごく新鮮に、熱くなって書いてるんだけど」
鳥「ふうん」
銀色「でも同じテーマで、別の人が前に書いてるのよ」
鳥「でも切り口がちがうわけ？」
銀色「うん。ちょっとずつ違うの。でもさあ、……ふたつをまとめられないし、どっちかを消せないし、どっちもそうだよなあ〜と思って、でも、そういうことって、だれにでも、けっこうあるでしょ？　ほら、いろんな言い方ができる、みたいな。それが私は多すぎて、混乱しちゃうときがあるけど。1個のことを考えるでしょ？　でも、こっちから見たらこうだな。でも、こっちからだと、こうだな、って。どんどん増えてって、結論がたくさん出ちゃうんだよね。全部それなりにわかるなと思うんだけど。それが。そういうことが多い」

鳥「でも……、それが、ひとつの、形なんだよね、だから。そういう、ものの見方なんだよね、だから」
銀色「うん。だから、一気に書かないと、だめなの。ひとつの気持ちで書くから。でも、時間がたつと、もうあの気持ちがなくなってることがあるから、さっきはこう思ってたけど、今はまたちがっちゃったなあって。途中でやめると、続きを書くのがむずかしいんだよね」
鳥「疲れそうだね、それ」
銀色「だから、ずっと熱い状態で、家で考え続けてることがあるもん。特になにか嫌なことや強烈に印象的なことがあった時。嫌であればあるほど、どういうふうに考えたらそれを自分が納得できるかなって考えるから。でも、嫌であればあるほど、むずかしいじゃん。いろんなふうに考えないと、納得するところまでたどり着かないの」
鳥「うん」
銀色「おっきい問題になればなるほど、すっごくいろいろ考える人がでてきて、いろんなことを心の中で言ってて」
鳥「だけど、これはああだろ、っていうわけ？」
銀色「うん。でも同時にはでないから、戦ったりはしなくて、ある時間の中は、一人のひとがいる。で、ちょっと時間がたつと、違う人が違う見方で言ってる」

鳥「こういう見方でみたら、こうなるよ、みたいに言うわけでしょ？」
銀色「うん。これこれこうだ、こうこうだ、ってね。それ、どうしたら、言わなくなるかな？」
鳥「……でも、それはひとつのことをさ、いろんな観点で見なきゃ、物事が、大変になれば大変になるほど、いろんな観点で見ないと、もう、乗り越えていけないもんね、だって」
銀色「うん。そう。いろんな要素があるからね。大変であればあるほどね。単純な話だったら、もう簡単なんだよね。すぐ割り切れるから。これは、こうこうだから、こうだ、って。……だから、私、人と、面と向かって感情的なケンカができないんだよね」
鳥「うん？」
銀色「だって、相手の人の気持ちでも考えちゃうからさ、そうだろうなあって思うから。相手の言い分を、共感はしないけど、その人からしたらそうなんだろうなと理解しちゃうから、ケンカができない。……あと、あれが嫌だ、自分の中で、こう言ってこう言ってって、掛け合いが。あ、そうそう、それもあった」
鳥「何人かの人が？」
銀色「ううん。2人が。自分と人が。あれがすごく嫌だね」
鳥「ひとつの問題点について？」

銀色「うん。たとえば、嫌な人がいるとして、その嫌な人がこんなふうに言うだろうっていうことを想像して、心の中で、私に嫌なことを言ってくるわけよ。で、反論すると、相手は、もっともっと嫌なことを言ってきて」
2人「ははは」
銀色「それに答えたら、もっと嫌なことを言ってきて」
鳥「嫌な人が現実にいたら、その嫌な人になって？」
銀色「そうそう。しゃべってる、心の中で。で、私が悲観的だからか、相手は、私の想像力の限界までの嫌なことを言うから、いつも私が負けて。で、ハッと気づいて、なんでまた考えてたんだろうって、嫌な気持ちにどんどんなる」
鳥「ああ～」
銀色「なんか手仕事しながらさ、そういうふうになってる。また、くるくるくるって。また、これ考えてる！　って。あれはちょっと嫌かな」

考えるのをやめる

鳥「考えるのをやめるってことできる？」
銀色「できない」
鳥「でしょ？」
銀色「うん」
鳥「考えることをやめることができる人っているみたいでさあ」
銀色「うう〜ん」
鳥「きっとパパなんてそうなんだけど。もう考えない、思考停止、っていって、パチンってとめるよね。しゅってやめられるんだって」
銀色「そうなりたい、私」
鳥「わたしも。だから、その、嫌なこととか、ぐるぐる巻きのことってあるじゃない？」
銀色「うん」
鳥「ぐるぐる巻きの問題とか。そうすっとさ、必ずまた、さっきの幽霊レストランじゃないけどさ、話がそこに戻って、必ずそれを考えてるの、知らないうちに」

銀色「そうそう」
鳥「でも、パパなんかは、もう、パチンって、ね」
小鳥「うん。やめちゃうの」
鳥「考えてもしょうがないって言って、考えるのをやめて、しばらく置いといてまた、引き出してきて考えるんだって。そうなりたいよね」
銀色「うん。なりたい」
鳥「そうすっとね、よく眠れるっていうから、私、すごいなあと思ってさ」
銀色「眠れそうだよね」
鳥「そうなの。わたしよくさ、嫌なことをさ、自分で蓋の中に、……なんか穴倉の中に閉じ込めて蓋をするってできるんだけど。蓋しちゃう」
銀色「それは、すごくいい方法らしいよ」
鳥「すごくイメージして、蓋の中に入れ込んで、かなづちで打ってってっていう、なんか宇宙の、いや、宇宙も嫌だから、もっとその先のとこにころがしてっていうふうに、もう存在をなくすと、そこまで想像するとね、もうないはずだからって思ったりすることもある」
銀色「ふうん。……なんかほら、よくさあ、温泉に入ったり、エステでマッサージ受けて、うわー気持ちいい〜って、ふぉわ〜んってなれる人いるじゃない？　ねえ。私は、あれもできないんだよね。温泉入って気持ちいいなんて、まずない。ほんの一瞬だけで、あとまたずう〜っと考えてるから」

2人「ははは」

銀色「そんなときでもさ。眉間にしわよせてるみたいに……」

鳥「でもテレビ見てるときは、テレビ見るんでしょ？　さすがに」

銀色「ああー、そうだね。テレビ見てるときは、すっごく真剣に見てるよ。集中して一語一句聞きもらさないようにして。で、本を読んでるときで、ちゃんと追えてるときは、本の内容を読んでる。追えてないときは、考えごとをしてる。町に買い物に行っても、ずっと考えてる」

2人「あはは」

銀色「で、あのときがいやなんだよ。考えてるときは意外と気分いいからいいんだけどさ、気持ちいいから。でも、レジでお金出すときに、ちょっと言葉をひとこと、出さなきゃいけないときとかあるでしょ？　あれが苦しいんだよね、ちょっと。声を出すときに、苦しいよね。声を出すときに、帰ってこなきゃいけない感じ。現実に」

鳥「わかる」

銀色「ぼーっとしてた気持ちいい世界を中断して、いったん、こっちに戻らなきゃいけないっていうか。足を地におろすみたいなね」
鳥「うん」
銀色「声さえ出さなければ、ずーっといられるんだもん。ぼーっと」
小鳥「だから話しかけられるのいやだもん。ひとりで考えごとしてるのにさ」
鳥「いいこと考えてると、特にそうだよね」
銀色「電話がきたり、ピンポンって押し売りとかがきたら、すっごいいやでしょ？　せっかくいろいろ考えてんのに」
2人「ハハハ」
銀色「なんかね、だいなしになっちゃうんだよ。なんかが来たら。……変な人がいるでしょ？　時々、セールスとか、勧誘みたいな。電話でも」
鳥「うん。しょっちゅうあるよ」
銀色「なんか。……そしたらさ、すっごく、気持ちがさあ。さっきみたいな気持ちになれないの」
鳥「そりゃそうだよね。じゃ、たいてい、気持ちいいことを考えてるんだね？」
銀色「考えてるときは気持ちいい」
鳥「そういう引き戻されるみたいに思うっていうことは、気持ちいいことを考えてるときでしょ？　だって」
銀色「考えてる状態が気持ちいい」
鳥「ふふふ」
銀色「考えてる状態ってちょっと違うじゃん。なんか、自分の世界に入れるんだよ。そこから、自分の世界から出されちゃう。電話がくると。声がして、こたえなきゃいけなくて。……うん？　気持ちいいこと考えてるのかな」
鳥「うん。気持ちいいこと考えてるのよ」
銀色「あれがこうで、あれがこうで、って、ずーっとね、追いかけて」
鳥「だから、気持ちいいことを考えてるときはそうだけど」
銀色「でもさ、気持ちいいことを考えてないときって、もう最初から嫌な気持ちだからさ」
鳥「最初から嫌な気持ちだけど、それも中断されると、それも嫌な気持ちになる」
銀色「だよね。……（小鳥ちゃんに）嫌なことをどうやって乗り越えてる？」
小鳥「わーっと書くかな」
銀色「書く……」
小鳥「だから、あとから広げて、おもしろかったりすることがある」
銀色「確かに、書くってすごく効果的だよね」

鳥「嫌なことを書くんでしょ？　あったことをそのまま」
小鳥「思いっきりわーって書いたら、ぜんぶ書いたら、わりとすっきりする」
鳥「うん」
銀色「あなたはどうやって乗り越えてるの？」
鳥「うん？」
銀色「嫌なこと」
鳥「むかしはずっとわーって書いたり、私もしてたけど、だけど今は、考える」
銀色「ハハハ」
鳥「で、考えて、やっぱり、なんとかそれを乗り越える方法を考える。新しい方法を」
銀色「うん」
鳥「今までわたしが知らなかった新しい乗り越え方」
銀色「うん。そいでさ気分が変わると、意外とパッと乗り越えられたりするんだよね」
鳥「それもそうかもしれない。なんだろうなあ〜、なんかでも、枠組みを壊すっていうのがむずかしい」
銀色「うん」
鳥「いったい世間一般っていうのがどこにあるのかっていうと、どこにもあるとは思えないんだけどさあ。なんか、常識とか、人並みとかあたりまえっていう枠組みってすごくさ、あるようで、ないようで、あれだよね。……いやだ、本当に」

見えてる世界は、自分

銀色「見えてる世界は、自分だっていうじゃない？　っていうでしょ？　自分の反映、って。自分を見てる、って。世界は」
鳥「自分を見てる？」
銀色「うん。自分が住んでる世界は、結局、自分の反映だってよくいうじゃない。その人をあらわしてるって。言わない？　むかしから。だからさ、結局さ、嫌なことも、結局それはさ、自分、でもあるわけじゃん」
鳥「そうなの」
銀色「だから、……あの……そう思うと、考える方向性も、ちょっと、でてくるじゃん」
鳥「うん。そうなのよ」
銀色「つまり、ぜんぜん知らない嫌な人がいて、嫌だなっていうのじゃなくて、それが自分の反映だとすれば、解決法もあるかなっていう……」

鳥「自分が変わらないとだめなんだよ、だから」
小鳥「自分が変わると、他が変わる。でも意外と、でも、自分は変わらない」
鳥「そうだよね。なかなかむずかしいよね」
小鳥「そこまではわかるけど、そのあとが」
銀色「だから、変える箇所が、あるんだよ。自分っていっても、何が自分かっていうのがまた、あるじゃない？　ポイントがあると思うんだよ。その……、ものの見方じゃない？　そのさあ、……ある」
鳥「そうそう」
銀色「ある見方だよ。そうすると、変わった角度で見られるようになると思うんだけど」
鳥「うん」
銀色「自分の中の、見えてない自分もあるわけで。陰になってて見えない自分。私が自分と思ってるけど、自分ではよくわかってない陰の部分に、嫌なことがあったとすると、それを自分で理解すれば、嫌なものがなくなるというか、なくすこともできるんじゃないかな。そういう作業を、たとえば、苦しみを経験してそれを乗り越えることによってとかで、みんなちょっとずつふだんの生活の中で、やってるんじゃない？　嫌なものが外の世界にでてくるっていうことは、まだ自分の中にあるんだよね」

鳥「でも、近づいてるんじゃないの？」
銀色「ええっ？　だんだんなくなってきてる、ってこと？」
鳥「うん」
銀色「でもだんだんさあ、進めば進むほど、むずかしくなるってことだよね。テストと同じで」
鳥「むずかしくなると思うよ。ほんとにさ、クリじゃないけど、……あの……」
銀色「なに？」
鳥「瞑想とかしなきゃいけないんじゃないかなって。ホントそう思う。無になるっていう感覚。なんかそうでもしないとやっていけない」

無になるっていう感覚

銀色「私なんか、ぜんぜんそういうの感じられないけど」
鳥「水晶宇宙を感じるときしか、無になるっていうのを感じられないから、それをずうっと、……それってきちがいになるってことなのかしら」
銀色「私なんて無になったことなんてないもん」

鳥「その心地になることがね、瞑想で得ることのできる心地だと思うんだけど。きっと」
銀色「無になる感じ？」
鳥「無になる感じね。でも、それって、あたしなんかさ、もうほんとうに一瞬で終わるけど、それをずーっと、……できちゃったらきっとさあ、もう」
小鳥「ブッダになっちゃう」
鳥「うん。ブッダになって、べつに生きてる意味ないよね。ここにこうやってね」
銀色「私なんて、無になった感じって、ないかもしれない」
鳥「今まで？」
銀色「頭の中がくるくるくるくるしてるから」
鳥「うう〜ん」
銀色「……でも、私はあんまり、無になりたくないかも。私はだって、くるくるしたいんだもん」
鳥「ちょっと！　それは無の感覚になったことがないから、そう言えるんだよ」
銀色「ハハハ。えっ！　そんないいもの？」
鳥「うんうんうん！」
銀色「私でもそうかなあ。それ」

鳥「うん。おすすめする」
銀色「でも、それ、おすすめする、って言われても、どうすればいいの？」
鳥「わかんない」
銀色「死んだらわかるんじゃないの？」
鳥「それもあると思う。だから、あのー、臨死体験した人とかってどうなんだろうね、とかって思ったりもするんだけど」
銀色「気持ちいいって……」
鳥「だけど、その……だから、そう、すごく宗教的になっちゃうじゃない。そういう、無、とかってなったら。それがいやなんだけど」
銀色「うん」
鳥「どうしたら、そういうのなしにして無になれるんだろうね」
銀色「わかんない。私、なったことないから、ぜんぜんなりたくないし」
鳥「なりたくないだって」
銀色「だって、ぜんぜん。ハハハ。……それさあ、ちがう言い方がないの？　無を」
鳥「ん？」
銀色「ちがう言い方で言ってくれれば、私にも、もしかしたらあるかも」

小鳥「ははは」
銀色「無以外で表現してくれたら、私にも、なんかこころあたりがあるかもしれない」
鳥「だから、その、わたしがもうわたしじゃない、っていう感じだよ」
銀色「…………」
鳥「それって、わたしがもうわたしじゃなくて、なんか、全部いっしょ、みたいな」
銀色「……でも私、自分っていうのがあんまりなくなる、みたいな感じはあるけど、それってなんか、その無っていうのと違うような気がするんだよね。私が思ってる、自分がなくなる感じっていうのは、それとはちがうような気がする」
鳥「わたしじゃないんだけど、全部がわたしなの」
小鳥「全部がわたし、っていう方がわかる」
銀色「そういうのはないかも。私がなくなるっていうのは、なんか、思うことがあるけど」
鳥「でもね、全部がわたしだけど、それもないの！……うまくいえないけど……」
銀色「ははは。それってだからさあ、多くの先人たちが伝えようとして、伝えられなかったようなことなのかな？　その感じは」
鳥「そうなんじゃないのかなあと思うんだけど」
銀色「だから、ああいう人たちってよく孤独だって言ってるのかな？」

鳥「そうだと思う。きっとみんな、なかなかそれって、ブッダは到達したのかもしれないけど、到達できないようなもんだよね、きっと」
小鳥「辻先生は、そんなこと言ってた」
鳥「辻先生？　辻先生は、今を生きろ、って、そんなふうに」
小鳥「なんかちょっと似てるとこある」
鳥「今この瞬間を楽しめって。先のことじゃなく。……そうすると、そこが永遠になるじゃない？　そういうのじゃない？　特権的瞬間っていうやつ？　だから」
銀色「ふうん。まあ、私はちょっと、あなたとも違うしねえ、……立ち位置っていうか、なんかが。だから、よくわかんないけど……」
鳥「う〜ん」
銀色「ふふふ」
鳥「……きっとああいうふうになったら、そういうふうにできたら、もう生きてるも死んでるも、なくなっちゃうんだろうなあ……」
銀色「……ぷふっ、……で、でも、やっぱりさ、哲学者とかさ、自殺しちゃうようなさ、頭がおかしくなったりする頭のいい哲学者って、そんなこと考えすぎて」
鳥「アハハ」

銀色「そうなんじゃないの？　そんなこと考えすぎて、頭がおかしくなるんだよ、きっと」
鳥「だから、そんなこと考えすぎて孤独におちいるんだよ。とてつもなく孤独だと思うじゃない」
銀色「だから、そっち、そのタイプなんだよ、あなたはね。私はちょっと違うもん、いろいろあちこち動き回って、やってくことがあるからさ。なんていうか、実用的なことをするのが好きだからさ。ね、外に目的があって、それをやって、どんどんどんどん」
鳥「うん」
銀色「そうだよね。まあ、自殺はしないと思うけど。クリだって長生きしたしね。寂しそうだったけど。だれも理解してくれる人はいなかったって言って死んだしね」
鳥「やっぱり。だってわかるわけないよね」
銀色「そうだよね」
鳥「だから言ったじゃない、前に」
銀色「なんて？」
鳥「もう、とてつもなく孤独だ、っていうふうに」
銀色「ははは」
鳥「とてつもなく……あの……、だから、あなたたちふたりはいちばん近いよね。近いっていうか、近しい」
銀色「ふ〜ん。一応こうやって、話を聞く、ぐらいのところにいるもんね。とりあえず、耳を傾けて聞いてはいるしね」
鳥「聞いてもポカンとしないもん」
銀色「うん。今はね、もう」
鳥「でも大いなる矛盾だよね」
銀色「なにが？」

大いなる矛盾

鳥「とてつもない孤独なのに、だけど、みんな、芯には美しいものがあるって、そんなふうに思ってるってさ。とてつもない大きな矛盾をかかえてるって感じよ」
銀色「……なんで？」
鳥「だってすごい孤独を感じるはずないじゃない。みんなに同じ美しいものがあるっていうふうに思ってるんだったら」
銀色「ああ〜、うんうん。でも孤独って、なに？　悲しいものなのかな？」

鳥「ううん。よろこばしいものでもあるんだよ。よろこばしいものでもあるけど、ときどき恐ろしくなるじゃない。誰にも理解されない。このまま気が狂ったらどうしようとかさ。やっぱ、思う、でしょ、だって」
銀色「ふうん」
鳥「でもまあ、さすがに今は、気が狂わないだろうけど。若い頃にはもしかして、あたしこのまま気が狂うかもしれないって思ったりした」
銀色「私も、ちがう意味で、そう思ってたけどね」
鳥「思った？」
銀色「私はでも、そういう孤独とか、そういう哲学的なんじゃなくて、もっと現実的に」
鳥「現実的に？」
銀色「分裂的家系だからさ」
鳥「狂うと思った？」
銀色「いや、なったらどうしようみたいなさ。もう大丈夫だと思うけどね。ここまできたら」
鳥「もう大丈夫だよ。わたしももう、ようやく大丈夫だと思って」
小鳥「ははは」

銀色「逃げきれそうな気がする？　アハハハ」
鳥「うん。もしかしたら、このまま狂うかもしれないって思ったのは、はたちくらいかなあ、22〜23ぐらい？」
銀色「じゃあ、会って、仲良かったころじゃん」
鳥「うん」
銀色「考えてたんだ」
鳥「苦痛だった」
銀色「そういうことを考えることが？」
鳥「だから、もしかしてこのまま……、あ、どうしよう、このまま、これ以上いったら狂うかもって。へんなことばっかり考えてたから」
銀色「ふう……ん」
鳥「時間があるからさ、ほら。夜中とか、とてつもないへんなことをずっと考えてると、夢想が夢想をよんで、変な夢想をどんどんやってると、あ、ちょっと、狂うかもしれないって。でもそこにブレーキがかかるところが、まだまだ凡人なんだろうね、きっと」
銀色「……凡人っていうか、正常なんじゃないの？」
鳥「正常なんだ」

銀色「ブレーキがかかんない人って、ほんとに変になっちゃうんだよ」
鳥「ほんとに変になっちゃう」
小鳥「その中に天才がいるんだよ」
鳥「そうだよね」
小鳥「気が狂った家系の中にしかいないって」
鳥「そうだよね」
銀色「なにが？　天才？」
鳥「『天才』っていう本があって」
小鳥「天才っていうのは必ず気が狂った家系にしか生まれないって」
銀色「じゃあ私、可能性ある」
鳥「狂った家系って、べつにだれも狂ってないでしょ？」
小鳥「精神科病院に入れられるような」
銀色「いや、うちは、そういうの多い」
鳥「ひとりの天才を咲かすために、狂った病人がたくさんいるんだって。同じ種類なんだけど、花開く人と、そのまま病人として扱われる人と……」
銀色「だけど、天才になりたい？」

鳥「ううん」
銀色「なりたくないよね。私も」
鳥「苦しそうだもん」
小鳥「うん」
銀色「じゃあ、どういうふうになりたい？　これから先」
鳥「だからわたしは本当に、瞑想でもした心地にはなりたいと思うよ。ほんとに。瞑想でもしてさあ……」
銀色「瞑想したらどうなるんだろう。私なんてもっと覚醒したいけどね。明晰になりたい、っていうか」
鳥「でもそれいっしょのことなんじゃないの？」
銀色「でも瞑想ってなんかさあ、超越っぽくない？」
鳥「覚醒っていうのはなんなの？　目が醒《さ》めるってこと？」
銀色「うん。すっきりしたような。でも、瞑想ってなんか、ちょっと、ぼうっとしてる感じがない？」
鳥「瞑想してるうちに覚醒……ハッと覚醒したりするみたいだよ」
銀色「なんかさ、瞑想っていうと、もうさあ、人がこうやって目をつぶって、こうじっとしてるイメージしかないんだけど」
鳥「うん。ちがう、だから」
銀色「私はもっとこう、目を開けて、くるくる動き回ってるのがいいから……」
鳥「わたしは、くるくるしたいとは思わないけど、関係あるとは思うよ。瞑想と覚醒。だってどうして瞑想すんの？　そうじゃなかったら」
銀色「ええ〜、わかんない。だって私、とにかくじっと、っていうのができないからさ、瞑想はできないなと思って。いろんなこと考えるから無理って前々から思ってた」
鳥「でも、新しいアプローチの仕方があるかもしれないよ」
銀色「あるの？」
鳥「うん。わかんないけど。それを実行するまで時間かかりそうだけど」
銀色「へえー」
鳥「きっと体とかも関係あるんだろうね」
銀色「ふ〜ん」
小鳥「どう関係あるの？」
鳥「体のつくりとか、体の動かし方とか……、わかんないけど」
小鳥「でもあれじゃん。すーって息を吐きながら、柔軟してたら、なんにも考えないでいられるよ」
鳥「関係あるかもね、それも」
小鳥「あの、なに？　すっかり体が、自分のもんじゃない、みたいになる」
鳥「そんなことなったことない」
小鳥「すごい、あの……」
銀色「で、でもさ、わたしたち三者三様にさ、じ、自分のことを言ってるわけじゃない？　自分の感覚を」
鳥「うん」
銀色「だからさ、なんか……アハハハ、全然……ちがう……全然ちがうふうに受けとってる可能性もあるよね。それぞれ言ってることを、実は。ねえ」
鳥「うん」
銀色「そうなんだよね……」
鳥「今の話？」
銀色「今の話にしてもさ」

いちばん孤独

鳥「………」
銀色「でも、この中ではいちばん、鳥は、孤独っぽいけどね」
小鳥「うん。孤独っぽい」
銀色「ねえ」
小鳥「うん。いちばん瞑想にふけってそう」
銀色「だって、なんか、こう……」
鳥「だって、だってちょっと、無の世界を感じたことあんの、この中でわたしだけでしょ？」
銀色「ハハハハ、そうだよねえ。なんか、仲間もいなさそうだしね」
小鳥「いなさそう……」
銀色「話の合う人もさ」
鳥「え？」
銀色「話の合う人もさ、せいぜい、ちょっとさ、ね？……びっくりしないで聞いてくれる信者はここに、わずかに2人……」
小鳥「クククッ」
鳥「そうだね、キリストとはまた、ちがうふうに」
銀色「しか、いないんだから」
鳥「……今、気の毒とか、思った？」
銀色「うん。気の毒っていうか、なんかこう、……なんて、……なんていってあげていいのかわからないような感じなんだけどねえ。助けにもならないと思うし。ククク」
小鳥「結局、孤独でいるの好きなんだよ」
鳥「孤独でいるのが好き。好きだよ。うん」
銀色「だって、似た……同じ種類の人、いないと思うよ。ハッキリ言うけど」
鳥「やだあ」
銀色「ほんとに。いないと思う」
鳥「そんなことないでしょう。……もう死んだかもね。いたかもしれないけど」
銀色「いや、世界中さがしたら、どっかいるかもしれないけど。そんなねえ」
鳥「さがしに出かけようかな。アフリカの先とかに」
銀色「でも、別に、さがす必要もないしね、またね」

鳥「でもさがして……」
銀色「だから、自分の中で、ずんずん、そういう無を求めて、死ぬまで……アハハ」
鳥「それって、すごく……、どうお？」
銀色「かわいそうみたいだけどしょうがないじゃん。ハハハ。しょうがないと思うよ。だって、もうほら、思索家の道っていうかさ」
鳥「そういえば、父親がさあ、わたしがこの子ぐらいの年の時にね、女には3つの道がある、って言ったんだよ」
銀色「うん」
鳥「それでね、女には3つの道がある、とかって、ちょっとすわりなさいって言って、ひとつはね、母になる道、ひとつは仕事に生きる道だって、そしてひとつは、哲学者になる道だけど、おまえは哲学者の道の方に行こうとしているようだから、それだけはやめろ、ってね。でもそれって止められないものでしょう？　だから、お父さんなんかだいっきらいと思ってさ、わたし。そういうのは成り行きだからしょうがないじゃん」
銀色「うん。言われてもね。……生まれつき、考えてたんだもんね」
鳥「でもわたしね、みんながそういうの感じるんだと思ってたから、みんなが。……やあだな、どうしよう。……まあなんとかなるでしょう」

小鳥「なにがなんとかなるの？」

鳥「わかんない、だから、もうちょっとしたら……」

銀色「なんとかなるのかねえ〜。うふふふ」

鳥「やめてよ」

銀色「でも先のことはわかんないしね」

鳥「そうだよ。また開眼するかもしれないし。新しいステップに進むかもしれないし」

銀色「じゃあさ、生まれてから今までのあいだに、なんか変化はあったの？」

鳥「ずいぶん変化あると思うよ」

銀色「自分だっていうことがわかったこととか。……私に会った頃から、自分だってわかったんでしょ？」

鳥「そうだよ」

銀色「それはけっこう大きかったでしょ？」

鳥「大きいわよ。どんなに大きかったか、それ。もう、なんか鳥肌たったわよ。それ知った時」

銀色「それはどうやってわかったんだっけ」

鳥「それはねえ、すごく好きな人がいて、その人のこと、もしかしたらジャスミンおとこか

もしれないと思ったことがあったから、それが違う、ってわかったときに、ああーっ……ちがったーって思ってさ、ここまで、ジャスミンおとこ、かもしれぬ、って思ったのに、てことは、……いったいその人の何が好きだったんだろうって思ったときに、それが全部、自分の中にあるってことに気がついて、な～んだ、自分を探してたんだって思ったの」
銀色「ふうん。……小鳥ちゃんの、立ち位置って、どこなの？」
小鳥「でも、ず～っと染められてきたから、そういうジャスミンおとこのこととか、開眼したことを、ぜんぶそのまま、押しつ……、なに？　なんていうの？」
鳥「押しつけてきた」
小鳥「あの……植えつけられてきたから、かえって孤独とか感じたことない」
鳥「そうなの」
小鳥「師匠がいるから、ここに」
鳥「この人、最初っから、ここに」
小鳥「だから孤独じゃあ、ない」
鳥「そうそう」
小鳥「最初から悩んだ経験もないし、気がついたときから、もうそういうことを全部入れられたから」

鳥「なんでも話すしね。机からなにから、あらゆる物に話しかける」
小鳥「孤独じゃないし、そうやって悩んだこともないし、あたりまえだと思ってた」
鳥「他の人からへんだって言われるだけでね」
小鳥「うん。私のどこがへんなんだろうって思った」
銀色「ふたりの違いはなに？」
小鳥「違うのは、こんなに孤独を感じてないのと、なんだろう……」
鳥「すごく奔放なんだよ」
銀色「ふ〜ん」
鳥「わたしより。ものすごく奔放で、人目を気にしないところがある。この人は、ふだんからいろんなものの束縛がない。あの……びっくりするほど。……ね、奔放。奔放ってことばが、ぴったりなような感じ」
小鳥「このごろようやく違う人がいるってことに気がついた」
鳥「ほんと？　なにが？」
小鳥「なんていうんだろう……、みんな、わたしみたいな人だと思ってたんだけど、……ごく最近、ようやく、みんな違う人なんだ、って気づいた。違う人がほとんどだっていうことに」

銀色「人目を気にしないって、生まれつきそういう……人が気にならないのかな？」
鳥「うん。そうみたいよ。大きな声で歌いながら帰ってくる。踊りながら帰ってくる」
銀色「ふうん」
小鳥「それがいい、って教育をママがしたんだよ」
銀色「ハハハ」
小鳥「それがいい、って言われるから、ますます調子にのって」
鳥「そんなこと言われて、いやだったんだね、上の子は」
銀色「そうだったんだね」
鳥「それは素質があるかどうかだよね。そういう、もって生まれた」
銀色「うん」

呪縛

鳥「あなたは、最初から、呪縛とかがなかったでしょ？」
銀色「私？　どういう呪縛？」
鳥「親からの」

銀色「ああ、そうだね、親が変わってたから、世間的なことを……」
鳥「気にしない、でしょ？」
銀色「うん。こうしろ、とかも言われないし。本人の」
鳥「ずっと好きなことをやってるでしょ？　親が」
銀色「そうそう」
鳥「でしょ？　呪縛がないでしょ？　こうするべきだ、みたいな」
銀色「うん。こうして欲しい、こうなってほしい、とかっていう、親の強い希望とか願望はなかったね」
鳥「でも私はすっごい呪縛があったから、小さい頃から。それをはねのけるのに、ひどいエネルギーっていうか」
銀色「そうか……」
鳥「そこが大変だったから、そういう意味で、奔放さを感じるの。なんか。私よりも」
銀色「うん。上からの呪縛はなかったよ」
鳥「でしょ？　わたしは人並みとか、世間体とかさ、こうあるべき、とかさ。そういうの、気にしながら育てられてきたのよ」
銀色「だから、気にしないで育てられると、奔放になるんだ」

鳥「そう。気にしないで育てられると、最初から箱がないから、すごく、奔放な感じがするのよ」
銀色「うんうん」
鳥「私ははねのけるのが大変だったから。……確固たる自分がないと、はねのけることができないでしょ？」
銀色「うん」
鳥「だからまず、自分作りをしなきゃいけなかったんじゃん」
銀色「うん」
鳥「まず自分をしっかりしないとさ。自分を確立するのに、もう忙しくて」
銀色「ふうん」
鳥「だから、自由にする前に、とにかく、自分の確立」
銀色「でも、その箱の中におさまる人は多いよね。大多数の人は」
鳥「そうかもしれない。で知らないうちに、その箱の中に染まって、もう、箱状態」
小鳥「箱状態だよね。箱状態がほとんどだよ」
鳥「そうなんだよ。箱状態の人って」
小鳥「みんな箱にはいってる」

鳥「そうだよ。み〜んな箱にはいって、こうしなきゃいけない」
小鳥「こうあるべきだ」
鳥「人並みとかさ」
小鳥「でもそれがないと不安なんだよ。自分がね」
鳥「そうそうそう」
銀色「じゃあさ、小鳥ちゃんが、いちばん、……これがあるから大丈夫っていうものって、なに？」
小鳥「それは……」
銀色「おかあさんかなあ？……自分の中に、なにかある？……独自のものが」
小鳥「その……自分の世界？　みたいな……マブー星」
銀色「その世界があるから、大丈夫なんだ」
小鳥「うん」
銀色「その、マブー星はさあ、おかあさんから教えられたものとは、また違うの？」
小鳥「えっと……、種を植えられて」
銀色「そこの中で育てたんだ。自分の土壌で」
小鳥「好きにしろ、みたいに言われて」

銀色「ふうん」
鳥「だから、お兄ちゃんにもあるんだよね」
小鳥「あるはずなんだよ」
鳥「おにいちゃんにも、それ、あるよね、だって」
小鳥「かくれてる」
銀色「私、なんかさ、おにいちゃんの方は、将来、出てくるような気がするんだけど、うまく。……たぶん、それってたぶん、ほんっと独自の世界じゃん」
鳥「ふむ」
銀色「独自とか風変わりっていうのは、何より強いからさ。子どものときは、そこが嫌かもしれないけど、大きくなったら、そのすごさに気づくようになるんだよ。私がそうだったから。だから、それを植えつけてもらったっていうことは、……もうちょっと時間がたったら、すごくいい形で底力になるような気がするんだけど」

死ぬときの言葉

鳥「わたしがもし今死ぬとしたら、子どもたちへの最後の言葉はね、自分を信じろ、っていうのが、最後の言葉」
銀色「遺言？」
鳥「うん」
小鳥「自分はいいよね。そのあと、ジャスミンの丘にかけていけばいいから」
銀色「ハハハ」
小鳥「そのあとどうしたらいいんだろう」
銀色「……小鳥ちゃんは、仲間がいるかなあ」
小鳥「自分のおかあさん以外に、いないのかなあ」
銀色「うう〜ん。まあ、同じような人はいないけど、違う意味の、仲間みたいなのはいるかもよ。ちがう種類の」
鳥「これからいるかも。今、若いからさ」
小鳥「今いる友だち……が、ちょっと近いかもな」

鳥「まあ、でも、共通の世界なんてありえないじゃない、絶対」
銀色「うん」
鳥「近しい、っていうのはあってもさ」

悲しくない人

銀色「すんごい、いいこと言ってるんだけどさ、なんか、ちょっと悲しみの感じがある人が多いんだよね。あきらめてるみたいなさ。いいこと言ってるわりには」
鳥「うん」
銀色「いいこと言っててさ、ちょっと、こう……明るいのって、いるかな。明るい人っている？　そういう哲学的ないいこと言ってる人で、悲しくない人」
鳥「悲しくない人？」
銀色「うん」
鳥「辻先生は明るかったよ」
銀色「ほんと？　なんで？」
小鳥「よろこびに行ってるからじゃない？」

銀色「孤独ではあるの？」
鳥「う〜ん」
小鳥「ずっと言ってたのは、『今、この瞬間を生きろ』って」
鳥「それから、『縛られるな』って」
銀色「ふうん。やっぱりみんな、同じこと言うね」
鳥「うん。縛られちゃいけないって」
小鳥「『だれからも喜びを得ろ』って」
鳥「そうそうそう。どんなことからもね。……あと、『深く、味わえ』」
銀色「じゃあ、そういうふうになったら、楽しくなるんじゃないの？」
鳥「そうなのよ、きっとね。で、すごーく、いやだーって思ってることとかあったりするじゃん。そういうのも、いやだーっていうのを、すごく深く感じることなんじゃないの？」
小鳥「感じたらかえって楽しくなる」
銀色「なぜ嫌かっていうことに分け入ると、嫌じゃなくなったりするしね」
鳥「なぜ嫌かっていうことを分析するよね」
銀色「最後、ほぐれたらね、かたまりが」
鳥「ほぐれてくるんだけど、なかなか、ほぐれきれないときもあるけどね」

小鳥「すみのほうがだんごになって」
鳥「どうしても、おさまりきれなくね。ほら、みて、まただんごが大きくなってる……」
小鳥「ほぐしたはずなのに」
鳥「もうこれで大丈夫だ、なんてしゃきっと思って、2〜3日したら、またちょっと」
銀色「ハハハ」
鳥「つぎからつぎへ、悩みはあるから。そいで、どうなるかわかんない、人生、ほんと、最後まで。いったいどうなるか。……でもとにかく、……苦しんだら絶対、成長するってことも、確かだね」
銀色「うん。ホント」
小鳥「成長するけど、もう二度と苦しみたくない」
銀色「そうだよね。同じことではね」
鳥「……きっと、感じ方の問題なんだな。もっと、鮮烈に感じなきゃいけないんでしょ。……そう思う。……鮮やかに。……いろんなこと。……そういうふうにならなきゃいけないのよ。……どんよりしてるかもよ、今」
銀色「ハハハ……そうかもね」
鳥「ちょっとどんよりしちゃってるから、新しく、鮮烈に感じるようにしなきゃいけないかもしれない。マンネリ化してるっていうの？　感じ方が。年とると、特にさ」
銀色「ふはは」
鳥「ある意味、マンネリ化するでしょ？　感じ方が」
銀色「うん」
鳥「ちょうどさ、小鳥のころなんて、鮮烈に感じてたじゃない」
銀色「そうかもね」
鳥「……どういうことだと思う？」
銀色「なにが？……瞑想？」

生きていくっていうこと

鳥「ちがうよ。生きていくってどういうことだと思うの？」
銀色「生きていくっていうこと？」
鳥「むずかしく、聞いたかなあ」
銀色「う〜ん……ほんとだよ〜……こんな、しゃべり疲れた夜に。……でも、私はいつも、わりと今を生きてるなあと思うんだけどね」

鳥「すっごく、今を生きてる方だよね、絶対」
銀色「この3人は、わりと今を生きてる方だよ」
鳥「うちのパパはいつも、ちょっと先のことを考えながら生きてる。そうだよね」
小鳥「なんだろうね」
鳥「常に、ちょっと先のことを考えてる」
小鳥「だからあんなにせかせかしてる」
鳥「せかせかしてるね」
銀色「私も、ちょっと先のことを考えてるとき、せかせかしてるわ」
鳥「でしょう？　ちょっと先のことを考えてると」
銀色「落ち着きがなくなるんだよね」
鳥「そうなんだよ」
銀色「今を楽しめなくなるんだよね、そういうときって」
鳥「でしょ？」
小鳥「そうそう」
銀色「いろいろほら、駐車場のことを考えなきゃいけないとか思うと、ああいうときって今を楽しんでないもん」

鳥「でしょ？」
小鳥「うちのパパは常にそれだよ」
鳥「わりと常に、ちょっと先のことを考えてる」
小鳥「だから、せかせかしてて、止まらないんだよ」
鳥「わーって。いつまでもさあ、ぼんやりしてるなんてことないよね」
小鳥「朝からずっと用事を細かく……、最後にソファで寝ることを楽しみに朝から用事をやってるんだって」
鳥「そうなんだ」

ノートに絵を描いてる私。
鳥「こういうふうに話しながら描いてるときって、おもしろい絵が描けるでしょ？　すごく」
銀色「そうなんだよね」
鳥「持ってやるべきだったね、3人とも」ノートを。
銀色「私ってなんか、ただしゃべるのってあんまり好きじゃないんだよね。なんかしながらしゃべるのが好きなの。雑誌読んだり、絵、描いたり」

鳥「基本的に、せっかちなところがあるよね」
銀色「あるよ」
鳥「もったいながるところが」
銀色「だって、もうひとつぐらいできるからさ、同時に。……あれ？　ということは、私、今をぜんぜん生きてなかったりして。意外とぼんやりしてるなんてことないしね。パ、パパ派かも、わたし」

2006・11・14

次の日、鳥より。

『夕べは本当に　とてつもないディナーでしたね。かえるじいさんのつぶやき声、幽霊ボオイ、誰もいない客席、全く沈殿していたわね。あのひとたちったら、あたしたちをげろげろ言いながら追い出したじゃありませんか？　あたしたちをエレベーターへ追い出したあと、おばけかえるになってぴょんぴょん跳ね回ったに違いありません。もう足が半分以上かえる足になっていたのを、あたしはぬかりなく見ました。


今日は昨日の雨模様とはうって変わり、青い空にくるくる落ち葉が舞い上がる散歩道で犬の散歩中、背後から「ゆりこちゃーん！」という小さな声が聞こえてきました。振り返ると、3歳ぐらいの女の子が、何度も、ゆりこちゃんを呼んでいます。

すると向こうからゆりこちゃんが、白いセーターを着て、転がるように駆けてきました。

もう本当に嬉しくてたまらない、というように、白熊の子みたいに駆けて来て、ふたりはしっかり抱き合ってそれからくるくる回りました。

それであたしは思ったわけ。

かえる池の見える丘の道をうさぎみたいに自転車に乗りながら「ええ景色だろう」と言って

通り過ぎてゆくおじいさん。

夜の屋台で、「寒いだろう、早くおかえり」といいながらたい焼きを渡してくれた、おばさん。

転がるように坂道を駆けてきたゆりこちゃん。

朝起きて、顔を洗おうとする少年。

そういうものたちを、見守っていきましょう。

だって、そういうものが大切だからね、あたしにとって。　鳥』

『あのね、これからさきにでてくる未来の人のことを書いた本を思い出した。あなたや小鳥ちゃんを見てて。こないだ会った時に思ったけど、あなたって、ちょっとグル的風格があるよね。　銀色』

『未来というより、あたしはいつも前のことを思い出そうとしている。

すごく前ね。起源、っていうか。でも、未来も過去も、時間の中は自由に行き来できるはずだと思っているから、同じことかもね。

宮沢賢治が、ヘッケルという人の、「すべての生命は、最初の生物モネラから、さまざまな種類へ分化していった」という説に共感したみたいに、あたしも自分の中の「モネラ」を探している。

でも自分の内側を見つめはじめると、矛盾だらけでうんざりするわよ。

とっても、グルなんてもんじゃないな。ただの、屋根の上にとまっている夢想鳥ってところか。

この間、あなたの中に沢山のあなたがいるって言ってたよね。

その人たちがお互いに衝突しあわないの？　　　　　　　　　　鳥』

『ぜんぜん衝突しないの。
それは、たとえば、足と手とひざと耳が衝突しないようなもので、
あれらは、もともとはひとつのものの、極端な側面たちなんだと思う。
それがそれぞれに、離れて表現をしているというか。
で、遠くからお互いに協力することで、よりうまくなにかをあらわそうとしてるのかも。
でも、ひとつのことを考えるのに、それぞれが意見を言うから、
結論がひとつに、いつもならず、数通りの答えがでる。その数通りの答えを、いつもその場に応じて実行してる感じ。

あと、人と話してるとき、そのいろいろな側面たちがちんまりと長いすに座って、受け答えしてるから、どうしても、相手との距離を感じるよね。相手はひとり、こっちは数人だから、こっち同士が心の中でしゃべってる時間の方が長いので。こっち側だけで、すんじゃうというか。

いや、人によるけど。ちゃんと話を聞いてくれる人だと、全員が聞き耳をたてるよ。

そして、人の言ってることが、よくわからないことがあるんだけど、意味が理解できない。そういう時は、全員で、口をつぐむよね。そんとき、いそがしい。みんな、目配せしあったり、知らん顔したり、ひじでつっつきあったりしてて。いっつもククッて笑ってるのがひとりいて、それは、本当にふざけてるよ。

こないだ話した時、人に興味があるけど人が苦手、っていう話をしたけど、そのことを説明すると、人の魂みたいなものは、だれのもすごく好きで、みんなに興味があるし、尊い感じに思うんだけど、魂と地面をつなぐもののスソあたりの、人の感情みたいなものの、欲望が強くて、ケチくさいところは嫌いなの。

そういう、グチばっかり言ってるような部分でかかわりたくないから、そこの部分でこられると、引くというか。

人間っていいなあと思う時は、私がその人の魂の部分をかいま見た時だと思う。そのラインでいつも人とつきあいたいと思ってるんだけどね。　銀色』

『もしかしたら、その、人間の魂はとても好きだけれどひとりひとりはすごく嫌になったりするっていうのは、ある人たちの宿命かもしれないよね。

つまり、芸術家とか、哲学者とか、奇人変人の類《たぐい》の人たちの。

「私は人類を愛すれば愛するほど、個人を嫌う」ってドストエフスキーも言ってるけど。だからこそ、そこから苦しみが生まれて、それを乗り越える……展開するための方法を考えださなきゃならないっていうのが、その人たちの宿命なんじゃないかしらねえ？


山猫内で、沢山の山猫たちが、衝突なく存続しているっていうのは、すごいことだと思う。

つまりそれが、あたしがあなたに感じた、きゃべつの一枚一枚なんだね。

沢山の一枚一枚が重なり合って、ひとつのきゃべつを作っているっていう。

ひとつのきゃべつとして遠くから見たときと、きゃべつの一枚をじっくり見た時と、また違うわけだ。しかもその一枚一枚が、違うくせに、またうまく重なっているというわけだね。

山猫がエプロンの、大きなポケットから、小さな山猫たちを取り出し、自分は寝そべりながら、その子たちの話を聞いている様子が目に浮かびます。　鳥』
＊山猫というのは私のこと。ふたりは私をそう呼んでいるのだそう。

『小学校の参観日があったんだけど、人でも、やさしい人たちと、やさしい気持ちで協力しあうような、短い語り合いは好きです。安らぎを、新鮮に、感じました。あることを集中して考えてる時に、それとぜんぜん違う世界の人と話をすると、旅行をしてるような気持ちになって、とてもおもしろいです。
ひとつのきゃべつ（のかたまり）として遠くから見ると、ぼんやりとしてて、そこにはなんにもないように見えるのかもしれないし、私も実際自分で、自分がないように感じることがあります。

家に帰って、さがしたら、昔の手紙がありました。あなたは、こんなことを書いていたよ。
「あたしは毎日へんな夢をみるの
ぴこぴこ影がゆれたり男がベッドの中にいたりするの
あゆみっていうきずをもった人がいて
その人の庭はオレンジいろの花がいちめんなの

夜になると光にかがやくの
なぜかっていうと　その花がみんな花の中心のところに
光る玉をもってるからなの
あゆみあゆみあゆみ　あゆみの庭ってみんながいうの」
そうだったよね、あゆみの庭！
それはなんか、素晴らしいもののような気がしたんだよ、わたし。

銀色』

『あゆみの庭のことは良く覚えているよ。あの頃　あたしは、実験中だった。
眠る間際に浮かんでくる、へんてこりんな妄想。
それがあの世界に近いものじゃないかと思って、書きとめようとしていたのよ。
でも、眠りにひきこまれないうちに、それを書き留めるのは、結構大変で。
「必ずあれを見る」という決意をして眠りに入らなきゃならないし、
へんちくりんな妄想をみたら、眠気と戦わなきゃならないし。
枕元にランプと、紙と鉛筆を、用意しておいて、大急ぎで書くの。
でもあとで見たら、素晴らしい妄想の半分もいいものじゃなくなってたかなあ。

フランスのベケットっていう作家が、「金色の蝶をつかまえたはずなのに、その金粉がわずかに指に残っているだけ」って夢のことを書いているけれど、そんな感じだよね。　鳥』

小鳥ちゃんともメールを交しました。


『学校から帰った小鳥です。

小鳥は今日、ママが見たゆりこちゃんやらうさぎじいさんやらのような思わずにっこりしたくなるものを見なかった……。そういう、にっこりしたくなる光景に運よく出くわしたら今日も踊りながら帰れた事でしょうに。

その代わり、悩める女学生達の恋愛談義を聞きました。

ある一人が、悩み顔の女の子に心配気に話しかけます。

「どうしたん、悩んでる顔しちゃって」

「うん……」

どうも一回ふられた男の子に、もう一度告白されたらしい。

その男いわく「やっぱりお前が一番好きやで。付き合うかどうか、お前が決めてくれ」。

「何であたしが決めるの？　あんたが決めてよ」

それから、どっちが決めるかが決まらず、「お前が決めて」「あんたが決めて」と押し付けあいになってしまった。

小鳥　脇から「付き合ってても付き合わなくてもどっちでもいいなんて、よく言えるな。お互いとても好きになって付き合うもんじゃないわけ？　最近はどういうものを、恋愛って呼ぶの？」

皆のやっきとした説明によると、どうも基本的に「恋愛」をしたいらしい。

だから、ちょっといいって思うとすぐ飛びつく模様。

そして、友達ときゃあきゃあ言う。恋愛のドキドキなんかをしてみる。

こんなのがしたくてたまらないみたい。

結局のところ、寂しいんだな、皆。一人じゃ嫌なわけだ。

そんなに、必死になって付き合わなくても、風に吹かれながら走ったり、小さな可愛い花を見かけたり、雲の流れを見たりすることに、喜びはつまっているのにね。そんな喜びを知らないから……辻先生いわく「生きる喜び」を知らないから、ケチな恋愛に大騒ぎする。

本当に恋するまで、付き合ったりしなくていいと思うんだけど。

本当の恋に出会ったら、思いっきり恋をする。

それでいいのにね。変なの。と思う私の方が変なのでしょうか？

悩んでる一人が言います。

「付き合うかどうか、あんたが決めてよ！」

おやおや、付き合うかどうかどっちでもいいということか。』

『こないだ会った時に思ったけど、鳥って、グル的風格があるよね。いつでも、椅子にすわって、人の質問にぽつりとひとこと答えれば、ありがたがられるというような。昔からそうだったけど、それに深みというか、風格が増したような気がする。結局、いっぱいしゃべっても、しゃべらなくても、同じだね。

銀色』

小鳥ちゃんは、生きてる人を、好きになったことはあるの？

あるいは、ぼんやり心惹かれたとか、ぐっと心をつかまれたとか。

もしいたとしたら、どんな人のどんなところに？

『小鳥です。

私の親鳥は、人から見たらグル的風格に見えますよね。

多分、口に出すより、何を言おうか考えてる時間が長いからそうなるんだろうけど。

本当は屋根にとまっている夢想鳥なだけかもしれないけど、何だか、娘が時々面食らうくらい彼女の水晶宇宙、深まってるみたいだから、時々えらく良い事も言うし……。

ふむ、重みが出てきたかもしれん。小鳥みたいに、ただ口の中でもごもごして、結局ぽつりと言った言葉も大した事が無い……というよりもずっと。

年月が磨いたのでしょうかね？

そう思うと、小鳥も早く自分の水晶宇宙に磨きをかけたい所です、全く。


そうそう、生きてる誰かを好きになった事無いんです。

ぐっと心をつかまれた事もない。

ただ、どうしたってロバを背負った男が見えます。

青いひづめの白いロバ。足弱腰弱なロバなので、人を乗せるなんて出来ません。

かえって背負われなければならない始末なのです。

その人は、そのロバを背負って、丘の向こうからやってくる。

そしていきなり、ロバを降ろして踊りだす。

ロバも一緒に踊りだす。

歩く時にはよろけるくせに、踊りは一人前に踊るんです。

そして、静かにロバは花をつんで、自分とその人の耳の後ろにさします……。

それに、もし宮沢賢治が目の前にいたら、恋していたかもしれません。

夜の麦畑の中でほっほーいって叫びながら踊って、

「銀の波を泳いできました。ああ、さっぱりした。」なんて言った人なんです。

そんな人、いいですねえ。

小鳥』

『そう……親鳥の水晶宇宙、深まってる。というか、相変わらず、ず〜っと、あれだけを。

あんなふうに、よく。ねえ。

こないだの別れぎわ、「じゃあ、その水晶世界を、これからも」って私が言いかけた時の、
あの時の鳥の真剣な、まなこ。

小鳥ちゃんは、あのまなこのもとで育ったんだね。

小鳥ちゃんの落ち着きって、それでこそだと思うよ。

口の中でもごもごするのは、落ち着いてるからかもよ。

落ち着きすぎてて、わざわざ言葉を出すところまで、いかないんじゃない？
竜巻の渦巻きが、できそうになって、消えていく感じってあるじゃない？　腰くだけに。
ああいうふうに、しゅるん、ってなるんじゃないの？

宮沢賢治といえば……、私も昔、ずいぶん好きだったけど、
もし今、現実にあの人が目の前にいたら、私は自分のこと、蛇みたいに思うかも。
だって、あの人、ずいぶんいい人っぽいんだもん。
悲しみの世界にいたりしない？
ハハハ、すっごく、ぐずぐず。……なんて全然、違ったりして。
しゃきしゃき〜なんてしてたら、……それもまた、すごいけど。

わたしの家では、わたしとむすめは、ケンカばっかりしてるんだけど、
というか、向こうがわたしにむかむかするらしいんだけど、
小鳥ちゃんたちは、そんなふうじゃないよね。
お師匠さんとお弟子さんみたいな関係だからかなあ。　銀色』

『小鳥です。確かにいつも言葉がしゅるんって埋もれていくんです。私、落ち着いてるのかなあ？　ただぼんやりしてるだけじゃないかな。ふだんは世界じゅうを、ぼんやり見ています。だから言葉を出すときに、目を数回ぱちぱちさせてからじゃないと、出てこないんですよね。今までぼんやり自分の中だけで、会話してたから。宮沢賢治って人は、ただのいい人だけじゃないんですよ。孤独な人なんです。

山猫さんみたいに（うちでは夏生さんを山猫さんって呼んでるんです）。

「人の魂みたいなものは、だれのもすごく好きで、みんなに興味があるし、尊い感じに思うんだけど、魂と地面をつなぐもののスソあたりの、人の感情みたいなものの、欲望が強くて、ケチくさいところは嫌い」って思ってるんです。

我慢して、神経を使って付き合いながらどの人の魂にも、素晴らしいものがあるって事を皆に教えようとするんだけど、わかってくれる人がいない。そのうち、神経をすりへらして、もう嫌だと思って銀河の向こうに一人で飛んでっちゃうんだけど、銀河の向こうで楽しく過ごしていると、自分だけこんな楽しい思いをしてはいけない。皆にも教えなきゃいけないって思って地面に降りてゆくんです。

でも、やっぱり誰もわかってくれなくて。しばらくすると、また疲れちゃって、銀河の向こうに飛んでって、そのうち一人で楽しんではいけないいけない、と首をふりながら地面に降りてくる。この繰り返しをしていたんです。

賢治のすごいところは、一人で楽しんじゃいけないって思って地面に降りて皆に教えようとするところだと思うんです。いくらうまくいかなくてもあきらめずに。

私なんて、銀河の向こうに飛んでったっきり……ってなっちゃいますよ。

スソを引きずってる人たちと関わるのって、ひどく疲れますものね。

私は、この間、卒業公演なるものをしている間にちょっとスソの人達と関わっただけで、もううんざり。二度と関わりたくないって、いまだに用心深く壁をこしらえたまま、付き合ってる始末です。そうじゃないと、やりきれないですから。本当。

確かに鳥親子は師匠とお弟子の関係ですかね？

師匠とお弟子、親子、親友……

どれが当てはまるんだろう？

小さな鳥仲間っていうのが一番しっくりくるかもしれませんね。　小鳥』

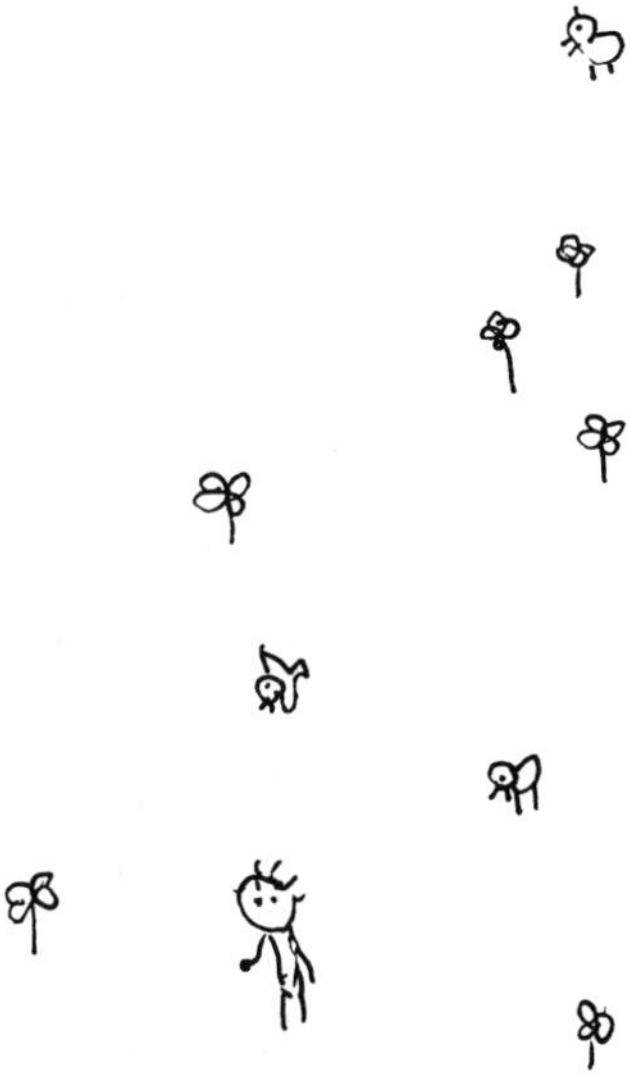

小鳥ちゃんは小さなころからお話を書いていて、というよりも、想像のお話と共に生きていて、そのお話を日々、文字にして書いている。鳥も、昔から詩やお話を書いていた。

小鳥ちゃんの書くお話世界は広大で、場所も登場人物の背景も現実の世界のようにしっかりとあって、どの登場人物もそこで生きているから、何を聞いても教えてくれる。たとえば「そのプークマって、いとこはいるの？」って聞いたら、すぐに答えられる。本当のことを言えばいいから。想像のお話というよりも、彼女たちの中ではそれこそが現実なのかもしれない。物質として存在することだけが本当、ということではないと思うので。

＊

私は昔から、鳥はどうしてこの世に生まれたんだろう……、こんな違う世界にって、思ったものでした。

奇妙な鳥親子。

小さな鳥仲間。

私はひとけのない早朝の森を散歩していてめずらしい生き物とか植物を見つけたみたいな厳粛な気持ちで彼女たちを見ている。

そして、またそれを見つけられるようにその場所を記憶する。なにか目印を見つけて。

彼女に会うたびに、夢を見ていたのかと思う。いつも夢のように感じる。違う次元に入ったような。

ふたたび森に入ったら、また会えるだろうか。

もう会えないかもと思いながら森に入る。

そしてまた会えると、とてもうれしい。

それから2年後の2008年10月18日。

時間があいたので、ふたりに会いにピューッと飛んで行く。

今度こそ失敗しないようにとおいしそうなお店をチェックした。北野のフレンチ。行ってみると、他にお客さんは1組だけで、なんだかうら寂しかった。私たち、薄暗く静かなお店に縁があるのかな。

あれからの日々を聞いてみた。小鳥ちゃんは大学生になって東京に出てきて、一緒に鳥も出てきて学校の近くにふたりと1匹（ポピー）で暮らしていたのに（単身赴任中のパパと長男は東京の別のところを借りてふたりで住んでるとか）、今年の初めに、1年もしないうちに神戸に帰ってしまった、という話を聞きたかった。

実は、東京で暮らし始めてから、鳥が閉所恐怖症になってしまって、飼っていたポピーも病気になってしまったのだそう。それで鳥が小鳥ちゃんに、「大学とポピーとどっちが大事なの？」と聞いたら、「それはもちろんポピー！」ということになり、小鳥ちゃんは大学を辞めて（かなり入りにくい学校だったのに）、鳥は大喜びで一緒に神戸に帰ってきたらしい。「両手でバンザイしながら」と言っていた。目に浮かぶ。知人もみんな驚かなかったって。私も驚かない。

今はふたりでずっと家にいて、出不精な日々を送り、心だけはあっちこっちさまよっているのだそう。出不精にしてるので、人の方から出向いて来てくれるらしい。私がこうやって会いに来たように。

そして、前に小鳥ちゃんに見せてもらったことのある「かえる人間ルナ」というおはなしの登場人物たちが、あそこはこうしたらいいんじゃないかああしたらいいんじゃないかとうるさく口をだすので、後半すっかり変わってしまったとのこと。

また、リビングの床板を替えたら、来たのが見本と違ってて、違う違うと言ったのに、大丈夫って無理に張られてしまい、あまりにも嫌でそこにいると胸がドキドキしてきて苦しいと鳥が涙ながらに工務店の人に訴えたら（「その訴えたときの様子が本当に怖かった」と、小鳥ちゃん）張り替えてくれることになって、好きな板を神戸じゅうをさがしてみてわかったのが「私の好きな板は存在しない」ということだった。で、どこかでタイの200年前の古材っていうのを見つけて、それを張ってくださいとお願いした。その板はふつうは床には使わない板だそうで、職人さんがでこぼこするから床には張れないって言ってたのに、あるとき急に張ってみたくなったらしく、いきなりはりきって張りだした。で、そこに今、毎日やすりをかけてるのと言う。時々パパが帰ってきて、世間の風をバーッと入れて、料理を作って行くらしい。

なにしろ小鳥ちゃんは、19年間、いっぺんも男の人を好きになったことがないと言う。それについて根ほり葉ほり質問してみたけど、本当に異性を好きになるってことがないようだ。鳥は、あの頃からまた変わった。器が広がったと言う。

それから5年後の2013年。

『山猫へ。
このあいだメールしてからいろんなことがありました。まず一家の要《かなめ》。あの偉大なる犬ポピーが天国へ行ってしまい、私たちは今、毛を入れた巾着袋を胸に下げ、犬がいないのにしずしずと散歩道を歩いている状態です。』

なんと。それは大変な出来事だったのでは。
そして、2月に出した『本当に自分の人生を生きることを考え始めた人たちへ』と『足にハチミツをかける犬の詩集』を送り、前に話した私たちのあの会話を本にして出したいと伝える。

4月11日
『山猫より。
こないだ話した会話の本、どう？

もしよかったら今月後半、日帰りで会いに行きたいけど』

4月11日
『山猫へ
ちょうどメールしようと思っていました。

本の感想、遅くなってごめんね。

「本当に自分の……」のほう、二人の会話が、すごいな、と思った。エネルギッシュで。

でも、私が面白かったのは、後半のほう。個人じゃなくて、人そのものを愛してるの、とかいう、発言とか。作品にはストイックなの、とかいうところ。

あと、残ったのは、「環境は、その人が作っている」という言葉。

これは、私もとても感じていることだから。

犬の方は、まさしく、こういう絵が好きなんだよね、あなたの。

耳の垂れ具合や、しっぽや、毛のひとすじひとすじ、それはきっと、
そのとき限りに出てきたものなんだと思うけれど、この毛のすじが、あなたと私をつなげている、って、そう思った。

それで、「会話本」の話だけれど、今の私に、いったい何が話せるんだろう、って思っています。

この2年くらい、私は、「炎と闇」の真っただ中にいた、という感じで、
今少しずつ、夜明けの光を見つけているかな、という状態。

私の根源は、ぜったいに揺すぶられていないけれど、感情と身体が揺すぶられて、
波にもまれて、「本当のおまえは何だ?」と、私はずっと、試されている感じ。

前のように私には、自信がない。

でも、前より深く、感じることができるかも。

こんな私に、何か話せるかしら?』

4月11日
『そのままのぼわんとしたものでいいと思うけど。
私があの会話を本にしたいと思ったのは、
私(たち)が今ここに生まれた記念に残したいと思ったから。
とても個人的な記録として、ただ残したいという感じ。
個人的な作りの本を、「本当に……」で作ることができて、これができたから、

あれもできると思ったの。

あの数年前の会話だけでもいいのだけど、今の、またちょっと変化した思いを、それほどたくさんでなくても加えられたら、よりいいかなと思って。


私の心の友、魂の友との会話。

理解や共感する人は少ないかもしれないけど、
少ないながらに絶対にいると思うし、その人たちのためにも作りたいなと。

私にとって、大事な本になると思います。

だから、ただ思ったことをぼんやりしゃべってもらえれば。

伝えたいことはもうあるから（この前の会話の中に）、あとは今の雰囲気さえ残せればいいと思います。表したいのは私たちの「雰囲気」だから。


なので、1回、また話してみない？

小鳥ちゃんも、もしよければ一緒に。

できれば、かえる池の写真も撮りたいなあ。

あ、あと、ちょっといい本を見つけたので、送ります。

「自己喪失の体験」というの。

山猫』

4月12日

『わかった。

「心の友」とは、とても光栄です。

ぼわんでいいなら、よろしいです。

前話していたかえる池は、今は、ばっちくなっているので、

このところは、森林植物園の池に行ったりしています。

今はかえるが卵を産卵中よ。

月曜日なら、小鳥も行けます。』

4月12日

『よかった～！　うれしいです。

私にはもう、どんな本になるか見えています。

そしたら、4月22日はどう？

お天気がよければその森林植物園に行って散歩してみたいです。

布引ハーブ園というところにも行ってみたいけど……。
本を注文してそちらに送ったので、読んでみてください。
なんだか、私はところどころ（ちょっとだけど）、いいなと思ったところがあったの。』

4月13日
『22日でいいです。
お昼は、お天気が良ければ、弓削《ゆげ》牧場がいいかなあ、と思ってます。
チーズもケーキもおいしいからね。
さっそく「自己喪失の体験」という本、届きました。
どうもありがとう。読んでみるね。』

4月13日
『弓削牧場というところ、行ってみたいです。
「自己喪失の体験」、私には想像力が及ばないむずかしいところがあったんだけど、
ところどころ、初めてそう表現されてるのを見たような、共感する文章があって、
また、命名がいいなと思いました。

「氷の指」「静寂点」「純粋行」など……。
この本の話などもしたいです。』

4月14日
『わかりました。
でも、この本、「氷の指」というところで、読めなくなってしまいました。
怖すぎる。
ぱたんと、閉じて、震えました。あわてて、闇の洞窟から、犬に連れられて、
飛んで行かなくてはなりませんでした。
このひと、狂ってるね。でも、私も、この狂気に共感するところがあって、
怖いわ。』

4月14日
『わかる。
私も、この本、おととしの12月に買ったのだけど、
読み始めたらなんだか怖くて、気が沈んできて、パタリと閉じてそのままにして、

もう捨てちゃおうかとまで思ったのだけど、
最近、読んでみようと思って、ぱっと読んでみたら、
深い内容まではついていけなかったけど、
言葉で2、3、好きなところがあったの。
「洞察は知性に汚染される傾向にあるから、洞察を教理化したりしないで、去っていかせる」とか、
「心を完全に沈黙したままで、他人の言うことに耳を傾けることができる、
そのうえ、沈黙した心のままで会話もできることがわかった」というところなど。
なんだかすべてがゆらゆらしてるよね。
ゆらゆらあったかい蜃気楼が景色全体を覆ってるようで……、怖いよね（笑）。』

２０１３年４月22日。

何年ぶりかに鳥に会いに行く。

このあいだに鳥に起こった出来事として聞いたのは、パパが精神的に落ち込む病気になったということ。鳥の首のところに丸いコロコロができて手術したということ。小鳥ちゃんとそのコロコロをなんとかって呼んで嫌がっていたらしい。

駅の改札口で待ち合わせ。

小さな生物がふたつ、明るい外の光をバックに並んで立っていた。

いつもその小ささに驚く。

それから鳥の運転でお家《うち》へ。変わらぬこの家。落ち着く。小さな庭にバラが。

銀色「このあいだしゃべってから、6〜7年たったでしょ？」

鳥「うん」

銀色「数ヶ月前に読み直したんだけど……。また変わったよね。私も変わったんだけどさ」

鳥「ものすごい前だよね。……あの頃はね、もう、とお〜い昔」

銀色「私もそう」

鳥「こないだもつくづくね、もう大昔みたいだよねえって」
銀色「私も全然違うもん、気持ちが。どう？　今は」
鳥「変わったね、だから。変わってはいないけど、ものすごく変わった感じ。いろいろあったから。前よりか変わったね」
銀色「私はいろんなことやって、つい最近も急に気持ちが変わって、今いちばん新しい私は、ひとりで、ひとりで充実して生きていくってことをこれからのテーマに、しようかと」
鳥「ふうん。ひとりで充実してって……」
銀色「つまり自分以外のものによって幸福になるということではなく、自分だけでそういう気持ちを味わうようにしようと思って……」
鳥「どうやって？」
銀色「それはもう自分で考えて……。今まではさあ、なんとなく、いろんなことが今後、起こるような気がしてたの、いいこととか」
鳥「うん」
銀色「それを待っていた、というような態勢で世の中に向かっていたの」
鳥「うん」
銀色「でもいつまでもそれがないと、いつまでも満足感が得られないというか、足りないって思ってたんだけどさ、そういう気持ちがいけなかったんだと思う」
鳥「そうだね」
銀色「だからもう、何かを待つのじゃなくて、今のこの状態で楽しいというか……、満足した気持ちになれればいいから、そういうふうにしようと思って。それはたぶん考え方の習慣みたいなものだと思うんだけど、それを今までと変えようと思う」
鳥「え？ 今までは何かいいことが起こるかもしれないって思ってたっていうこと？」
銀色「うん。だれか素敵な人に出会うとか（笑）」
鳥「うんうん」
銀色「それはもう思わなくなった」
鳥「いろんなところに行ったら素敵な人がいるかもしれないとか？ 新しい世界があるかもしれないとか？」
銀色「うん。すごく私とぴったり合うパートナーに出会うかもしれないとか、そういう感じ」
鳥「うん」
銀色「それを楽しみにしてたんだけど……」
鳥「うん」

銀色「そういうふうに思ってる以上、待ってる感じになっちゃうんだよね」
鳥「ふうん、そうなんだ」
銀色「そうすると、いやじゃない？　なんか。ずっと待ってるって、なんか」
鳥「待ってたって来ないよね」
銀色「うん。だから、そういうことに関係なく自分で楽しくなれたらいいかなと」
鳥「……そうだね」
銀色「だからけっこう落ち着いてると思う。今は」
鳥「私は、なにしろ、パパが変になったから……、ま、変って言っちゃ語弊があるけど、病気になったから」
銀色「うん」
鳥「それからすごく……大きな変化があって」
銀色「うん」
鳥「それにずっと引きずられてしまった感じ。今、ようようそこから這《は》い出ようかなって」
銀色「うん」
鳥「人の関係って変わるんだなって」
銀色「うん」

鳥「関係ってね。すごく変わってくんだなって。なんでも変わってくもんなんだなってすごくそう思う。いろんなことがね。人間関係も変わるし、季節が廻《まわ》っていくみたいに。季節は変わってっても、ちょっとずつ毎年花が咲くのが、ちょっとずつ花が大きくたくさん咲いたり、ちょっとしか咲かなかったりするみたいに。似てるんだけどちょっとずつ変わってくるっていうか……。変化。人間関係の変化があるなと思って。関係が変わっていくんだなと思って。そういうのすごい感じてる」

銀色「ふうん……。それはでも、たぶん……私は昔から……そういう感じで人とつきあっていたような気がするんだけど」

鳥「そうみたいね（笑）」

銀色「私はたぶんね、それを聞いてもぼーっとしてるのは、私は常に、自分の子どもでもそうだけど、いつも変化してる。変化してるっていうか、つながってないじゃんあんまり私。つながってないっていうか、だれとも」

鳥「うん。近い人と？」

銀色「近い人とも」

鳥「どういうふうに変わった？」

銀色「変わったっていうか……、常に、くっついてないんだもん。子どもとかでも。なんか、結びついてないっていうか」好きだけど。自由……。
鳥「それは最初っから？」
銀色「うん」
鳥「元の旦那さんとかとも？」
銀色「うん？　元の旦那さんなんてもう、本当に遠いと思うよ」
鳥「今はね」
銀色「遠いっていうか……いない」
鳥「一時期はいたでしょ？」
銀色「その時はね。うーん……。だから私は、すごくだれかとつながってるっていう経験はない……んだよね。結婚してても」
もちろん子どもは私の一部というような感覚はあるけど、それはつながってるというより、私の一部がそこにある、っていう感じ。一部だけど、もうそれは子どもの命で、子どもの人生。
鳥「うん。つながってるっていうかさあ、なんていうのかなあ……、たとえば、そうだなあ……子どもたちを、私はやっぱり、私の知ってることを子どもに教えてあげようとかさ、前は」

銀色「うん。言ってたね」
鳥「前はね。子どもに教えてあげようとかって思ってたけど、もう今は変わって、逆に子どもに教えられるとか、子どもが偉いっていうふうに、むしろそういうふうに関係が変わっててさ。あ、知らないうちに変わってくるんだなって思って。そういう感じ。パパにもすごく頼ってたけど、ぜんぜん今は頼れないから。頼ってたわけじゃないんだけど、精神的には。なんて言ったらいいか、そこがちょっと変わったところ……」
銀色「パパは仕事に行ってるの？」
鳥「仕事には行ってるけど」
銀色「ちゃんと仕事には行けてるんだね。それはよかったね」
鳥「仕事は行けてるけど、でもね……」
銀色「ここに帰って来るの？　たまに帰って来てるの？」
鳥「ん？　だってここには毎日帰って来るよ」
銀色「今、ここの近くの仕事なの？」
鳥「そうだよ。ずっと帰って来るの」
銀色「そうなんだ」
鳥「そう」

銀色「……一緒に住んでんの？」
鳥「一緒に住んでんだよ！」
小鳥「ははは」
銀色「いつから？」
鳥「ずっとだよ、ずっと」
銀色「(単身赴任で) 東京にいなかったっけ。いつ一緒に住み始めたの？」
鳥「帰って来たのは……いつだろう」
小鳥「2年前ぐらい」
鳥「2年前の震災があったときに、あの人の病気が勃発して」
小鳥「その時、帰って来たの」
銀色「そっか」
鳥「それで私たちもその時に地震を経験したの。あの人が、死ぬ、もう自分は死にたいっていって、お医者さんが死んだら困るから四六時中くっついて見張ってなきゃいけないっていって、いつ死ぬかもしれないからとかって言うからさ、危ないから、会社にも着いて行けって言うんだけどそんなことはまあ、できないから。東京にいたときに地震が起こって」
銀色「うん」

鳥「揺れて怖かったけどさあ……。震災に遭った人たちとは全然違うけど、あの人たちが時々テレビとかに出てきて、テレビとか新聞記事とかに出てきて、まだ私は立ち直れてないとか、苦しいんですとかいうのを見ると、全然違うけどちょうど同じ時期だったから、まだずーっと続いてるんだなあって……そんなふうに感じるけど……」
銀色「うん」
鳥「いるのよ、だから。あの人」
銀色「どんな感じなの？　普段」
鳥「パパ？」
銀色「うん」
鳥「そりゃあ〜、すごい嫌なんだよ」
銀色「あはは」
鳥「あの人にエネルギーを吸い取られてる感じがするわけよ」
銀色「ふうん。でもさあ、今までお世話になったじゃん。けっこう長いこと」
鳥「みんなそう言うんだけどね」
銀色「あ、そう言う？　やっぱみんなそう思うんだね」
鳥「うん。みんなそう言うんだよ。お世話になったとかね。いいじゃんとかって言うんだけどね」
小鳥「よくないんでしょ？」
鳥「よくない」
銀色「自分はね」
鳥「うん。あのねえ、知らん顔できるんなら……」
小鳥「世話しすぎたんだよ、最初に」
銀色「やさしくいろいろ？　かいがいしく？」
鳥「そうそう。その反動がでてるの」
銀色「どういうこと？」
鳥「かいがいしくしすぎたから」
小鳥「いやになっちゃったんでしょ」
鳥「うん」
銀色「じゃあ、今はそこまでかいがいしくしてないの？」
鳥「全然」
銀色「じゃあ、いいじゃん。なんで？　まだ反動が続いてるの？」
鳥「そのものすごい反動はだんだん……まあまあおさまりつつあるけど。私もちょっとおかしかったんだと思うんだけど、ものすごく……こう……死んだら困ると思って。私はね、不思議なんだよ、だからさ」

小鳥「ふふ」

鳥「自分がこの人のことをこんなに大事に思ってたのかって思った自分の気持ちが不思議だったんだよ。私はだってさ、ご存じの通り、べつにあの人のことを好きじゃなかったはずじゃない？　私はあの人とはぜんぜん別個のものだと思っていたにもかかわらず、死にたいとか言ってさあ、すっかり落ち込んだときに、これは大変！　それは経済的なことももちろんあるけど、それ以上に、この人は……。そのときにね、あの男が言ったセリフっていうのは、『自分はなんにもなかった。自分の中にはなにもなくて、自分はからっぽで、なにもないっていうことを知った。自分はもともとなにもなかったんだ』っていうような発言をしたの。それを嫌というほど感じているみたいなふうに言ったわけよ、発病したときに」

銀色「うん」

鳥「それで私は、やっとわかったんだ！　と思って。なんにもないことが。これからこの人はどんなふうに開花していくんだろうとか、どう目覚めてどう変わっていくんだろうっていう期待もあって、ああ、やっとわかったんだ、そりゃあ苦しいだろうと思って、けっこう一生懸命さ、話を聞いたり、その苦しみっていうのを聞いてあげてたんだけど」

銀色「うん」
鳥「だんだんねえ、あの人が薬とかを飲んでちょっと落ち着いてくると、そういうのをね、自分がからっぽだったっていうことを忘れてきたみたいなの。からっぽだったっていうのが今や、いったいどこに行ったのかわからないんだけど、あのときはモヤの中にいて……、もう忘れてるの。その時のことを」
銀色「うん」
鳥「だから私があのときに思ったのはいったいなんだったんだろうと思って。それでちょっと怒る、っていうか……。……嫌な気持ち」
銀色「ふうん……」
鳥「なんとも言いようがない……。急にふぉあーっと嫌になっちゃって、それまですごく親身になって話を聞いてあげてたんだけど、3日間ぐらいその話を一日中聞いてたら、頭が爆発しそうになって、それから寝られなくなったり。私がね、夜が来るのが怖いとか、そういうふうになって、嫌いになったんだね」
銀色「ふうん。でも嫌いでも、どうにか……やって……いけてるの？」
鳥「ううん」
銀色「嫌なの？」

鳥「うん」
銀色「でもしょうがないよね」
鳥「うん」
銀色「（小鳥に向かって）どう？　はたから見てて」
小鳥「最初に親身になってたとき、ちょっと怖いぐらいだったので」
銀色「ああ〜。うんうん」
小鳥「私にも親身になりなさいよみたいな感じだったけど、え？　そんなに？　って。そんな、特になんとも思ってなかったので」
銀色「うん」
小鳥「まあ、ここで転げまわったりしてたら困るんですけど、……そんなに親身になってなかったら、見てたら今度はなんか、わーって急に反動みたいに憎しみが……みたいな感じで、それはそれで。1年前ぐらいからだよね？　憎しみだしたの」
鳥「そうだね」
小鳥「でもそんときよりはマシかも」
鳥「そうなの。というのはね、もうそろそろいいかなって。憎しみも。あの人のせいで私が気持ちが悪くなるのは気分が悪いでしょ？」

銀色「うん」
鳥「だから、そういうふうに思うのはやめようって思ってるんだけど」
銀色「まあ、……家族だからね。関係があるし、しょうがないよね」
鳥「うん。そういうのとか、なかった？」
銀色「うん？」
鳥「ぜんぜん？　もう嫌になったらスパッて？」
銀色「私はだってさあ……。私の場合、最初のは相手が出て行っちゃったんだけどさ。そしたらもう、なんだか好かれてもないし……、その前からテンションもお互い低かったから。離婚できるなっていうか。離婚しちゃいけないのかって思ってたんだよね、私。真面目だから」
鳥「うんうん」
銀色「だからそのころは、そんな好き同士じゃなくなってるなって感じてたけど、離婚しちゃいけないんだろうなって思ってたから、違う楽しみを見つけながら生きていけばいいのかなって思ってたの。結婚しながら。でも、出てっちゃったから離婚できると思って、……チャンス、って言ったらあれだけどさ。いや、そのときはもちろんすごくショックだったけど、ショックと同時にチャンス、とも思ったから離婚したの。2回目のときは、一緒にいるのがなぜかすごく苦しくなって」
鳥「苦しかったんだ」
銀色「うん。息ができないっていうか……、ちょっと苦しいからって言って別れたんだけど」
鳥「ふうん」
銀色「でもどっちもすごい強い結びつきがある人じゃなかったと思うので、それはそれで。なんか子ども……と出会うために結婚したような気が、すごくするんだけど。2回の結婚は。だって本当に自分と合う人を求めてたら結婚できなかったと思うよ。だれとも。だっていないもん。いなかったから」
鳥「うん」
銀色「だからそれはそれでそういう関係かなと思って。それほどひどい感じの別れ方じゃなかったと思うし。どっちも。だからあんまり、ないよね、私。人と、親密になったことが」
鳥「私も、親密じゃないんだけど別に」
銀色「あ、そうだよね。でも一応、結婚してずっと一緒にいるっていう関係の中で……」
鳥「親密じゃなかったのに、自分の中にあった、驚くような感情」
銀色「それはやっぱり人間的な何かなのかな？」

鳥「そうかなあ……、びっくりしたんだけど」
銀色「人間の、情、……情愛みたいなのがあるんじゃない？　すごく。情愛が。ふふふ」
鳥「そのときはね」
銀色「ふふっ」
鳥「それと、やっとわかったか！　っていう。この先、どんなふうに……」
銀色「うんうん。開花していくかね」
鳥「やっとわかって今からどんなふうに変わっていくんだろうって思ったら……、前とはやっぱりぜんぜん違う人間になってるような気がするんだけど」
銀色「うん……」
鳥「わかんないよね、あの人、何考えてるのかね」
小鳥「まあね」
銀色「……小鳥ちゃんは人間で好きな人ってできた？」
小鳥「いや。できてないです。あのまま」
銀色「好きになってない？　これ、っていう」
小鳥「うん……」
銀色「興味深いとか、そういうのは？」

小鳥「興味深いとかも……、そんなに外の人と接してないから……。いないです」
鳥「なかなかね」
小鳥「ないね」
鳥「この2年は、ホントに、私も変だったから」
銀色「うんうん」
鳥「その渦の中に巻き込まれたって感じよね」
小鳥「巻き込まれたよ。一緒に住んでるから」
鳥「渦の中に巻き込まれて、あっぷあっぷっていうか」
銀色「小鳥ちゃんはさ、どんな気持ちなの？　今」
小鳥「な……なにがですか？」
銀色「気持ちっていうか、精神状態」
小鳥「精神状態……、うーん。今は自分のお話を書くのに忙しいので、そのことばっかり考えてます。両親はふたりでなんかいろいろやってるけど、最初は、一応、一緒に住んでる子どもだからお互いに仲よくした方がいいのかなって思って……」
鳥「橋わたしをしてたんだよ、ずっと」
小鳥「橋わたしとかしてたんですけど、面倒くさくなってきて、もういいやって、わりと放っといてることが多いです」
銀色「自分の好きなことをしてるって感じ？」
小鳥「そうなんですけど……、その好きなお話を書くのにママが必要なので、すっかり切り離せないので、困るけれども」
銀色「ふたりでしゃべってるあいだにアイデアが浮かぶの？」
小鳥「共同作業なんです」
銀色「聞いてもらったりとか？」
鳥「そうそう。すごくふくらむから」
銀色「今はどんなお話を書いてるの？」
小鳥「今はポピーの童話なんですけど」
銀色「それは現実とそうじゃないのを混ぜて？　それとも現実的なの？」
小鳥「ポピーが、ポピーのママと暮らしてる」
銀色「ポピーが主人公の？」
小鳥「そうです」
銀色「現実的なのじゃないんだね」
小鳥「はい」

鳥「……だから、すごく助かってたのは、いつものあの世界」
銀色「うん」
鳥「私たちが共有してる世界と、私が持ってる世界が助けてくれたっていうか。それがなかったらどうなったかわかんないけど、いっつもそれが助けてくれたの」
銀色「よかったね！」
鳥「そうなの」
銀色「あはは」
鳥「そういう感じ」
銀色「じゃあさ、この2年間って自分の楽しい世界はあんまりなかったの？」
鳥「……どういうのを楽しい世界っていう？」
銀色「わたしだったら、そのことを考えると……なんか……（笑）」
鳥「笑ってしまう？」
銀色「うん。すべてを忘れられるような、気持ちいい、たとえば、気持ちいいお話を考えてるときとか楽しいじゃない？　たぶんそれに近い」
鳥「そう、それしか考えてないじゃん。だから。常に、それのみで動いてるから、それだけだから。そういう意味では、あるけど」

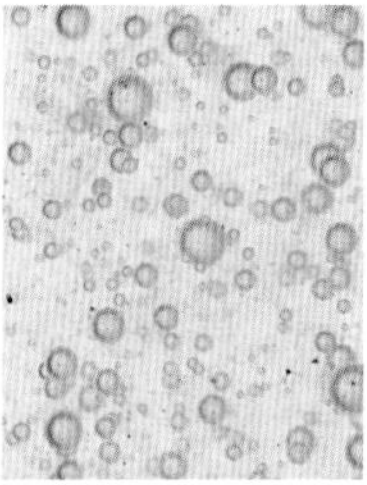

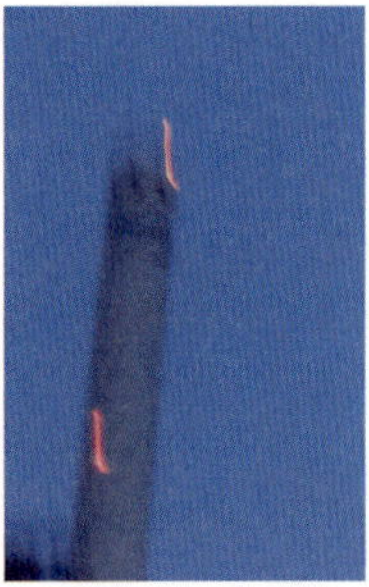

銀色「それはあるけど、現実にいろいろ大変なことに対処しなきゃいけなかったから苦しかったの？」
鳥「うーん。現実に対処……」
銀色「パパのこととか。どういうふうに組み合わさってんの？　どういうふうになってるの？」
鳥「それはね。こういうふうに、楽しく花ひらいてるじゃない？　私のね、楽しい世界が花ひらいて、空とか雲とかね、こういう葉っぱとか、私の世界じゃない？」
銀色「うんうん」
鳥「そういうのを見て楽しんでるところに、タコ氏が、タコ氏って呼んでるんだけど、それがもよ〜んと」
小鳥「足をのばしてくる」
鳥「足をからめるように、足がひゅ〜っとのびてきて、そしてあの人は、空気が読めないっていうか、このときに今、言っちゃいけないんだなっていうのがわからないし、だからひゅ〜って来て、からめとられていく感じかな」
銀色「ふうん」
鳥「別に、楽しいことがないっていうんじゃなくて、それと同時に、あたしが眠れなかったり、悪夢を見るようになったときに、同時にいろんなものが怖くなってきて、狭いところとかさ。もともとちょっとあるんだけど、電車に乗れないとか、飛行機に乗れないとか、人ごみが嫌だとか、そういうのがすごく激しくなって」
銀色「たとえば、人ごみに入ったらどんな気持ちになるの？」
鳥「え？　だから、スーパーのたくさんの人ごみとかに入ると、んー、早く出たい」
銀色「どんな」
鳥「列とかに並んでたりすると、その列から早く出たい」
小鳥「パニクってるよね」
銀色「心臓がドキドキするの？　そこにいるひとりひとりの人に対するものじゃなくて、自分の気持ちの状況？」
鳥「うん。閉じ込められてる気がする」
銀色「ふうん」
鳥「たとえばレジを通りぬけるには、列に絶対ならばなきゃいけないって規則があってさ」
銀色「うん」
鳥「サーッとそれが終わればいいんだけどずっと待たなきゃいけないとか、長いトンネルとかも。……トンネルが怖い」

銀色「怖いってどういう？」
鳥「うーん。トンネルとか、閉鎖的なところが怖い」
銀色「怖い気持ちになるんだね」
鳥「うん。ちょっとパニクる」
銀色「満員電車って嫌じゃない？　みんな」
鳥「うん」
銀色「今日もそうだったんだけどさ、人がいっぱいいて、ぎゅうぎゅうはもちろん嫌だけど、ぎゅうぎゅうほどじゃなくても人がいると、私ね、何が嫌かって、人の顔とか見たり人の声とか聞くと、すっごくその人のことをリアルに感じちゃうの」
鳥「私ね、それね、前もさあ、言ってたじゃない？」
銀色「言ってたよね！」
鳥「それを聞こうと思ってたんだけどね。どういうことなのか」
銀色「たとえば今日だったら……、ドアのところに立ってたら隣に高校生の女の子がふたりいたの。すぐ近くに。で、昨日は何時間寝たとか、何してたの？　とか、ラインでなになにを見てたとかね、そういうとても具体的なことをしゃべってるの。それがリアルに私の中に……とっても人間的な感情を、同時に、ありありと、感じちゃうの」

鳥「うん」
銀色「それがね……嫌なの」
鳥「それ、前にも言ってたでしょう？　その、人のことを自分のことのように感じてしまうっていうの。それと、人全体を愛するっていうのは、つながってるの？　だから、あんまり踏み込まないようにしてるの？」
銀色「……あのさ、踏み込むっていうのは……、興味があってその人を知りたいっていうときは踏み込むけどさ、ぜんぜん見知らぬ人たち……」
鳥「なのに？」
銀色「うん。なのに、目が合ったり顔の表情を見ただけで、勝手な思い込みかもしれないけど、感情を感じちゃうの、すごく。それが疲れるの。だからあまり人を見ないようにしてるし」
鳥「人？　人だけ？　物じゃなくて？」
銀色「人だけ。物にはなんの思いもない」
鳥「ふう〜ん」
銀色「人。人の感情を感じるってとても疲れるでしょ？　いちいち感じるって。だからあんまり外に出たくないし、人を見ないようにしてる」

鳥「そうなんだ。その感情を感じすぎる、っていうとこ、ひとつポイントだなって思ってたの」
銀色「あはは！」
鳥「だから、ぜひ、ぜひ聞いてみなきゃと思って」
銀色「うん。で、それでいい気持ちになるんだったら全然いいんだけど、だいたい、……気が沈むんだよね」
鳥「ふう〜ん」
銀色「でも気が沈まないときもあるの。いいものを感じたとき。明るいものとか」
鳥「知らない人でも？」
銀色「スーパーに行ったときでも、ものすごくいいものを感じたときは、すっごく気持ちがいいの」
鳥「そりゃそうだよね」
銀色「だよね！」
鳥「それはあるよね」
銀色「そうじゃないときはすごく落ち込むっていうか」
鳥「それってさあ、だれにでもあると思うんだけど、そういうのって多かれ少なかれね」

銀色「うん、あるある。あると思うけど」
鳥「それを強く感じるのかな？」
銀色「だと思うんだよね〜。だってすごく嫌って思うって……、そこまで人に左右されたくないじゃん。自分の感情をさあ。町に出てねえ〜」
鳥「うん」
銀色「なんであんなにも人を見たときに思う感情に、自分が影響を受けるんだろうって（笑）。何とも思わない人っているでしょう？　そういうことを。すごくうらやましい。そしたら平静でいられるじゃん」
鳥「うん」
銀色「どこに行っても、なんでこんなに。そこが不思議。それ以外の部分では、私けっこうふわぁ〜っとしてるのに。堂々としてるっていうかさ。怖いもの知らずで」
鳥「いつも感じるわけじゃないんだよね、それ、きっと」
銀色「うん。……ヒマなときね。あはは！　たぶん。何かにがーっと向かってるときって、それは感じないと思う」
鳥「ふうん」
銀色「でもさあ、さっき私が言った、自分だけで安定していられるようになったら、そういうのも感じなくて済むようになるかなって思ったりして」
鳥「うん」
銀色「なんかね。自分の世界に入る、っていうのをあんまりしてなかったからだと思う。わりと入ってた時期もあったの。昔は。でも、それを薄くしてたの」
鳥「でもそれはさあ、いろんな人と会ってみようと思う時期だったからでしょう？」
銀色「うん。10年……20年ぐらいそうだったと思う。薄くしてた時期。自分の殻を厚くしないようにしていた時期だったけど、ふたたび、今、ここにきて、やっぱり自分の世界の殻を厚くしようっていうふうに思い始めたのが、最近」
鳥「厚くしようってね」
銀色「うん」
鳥「そうなんだ」
銀色「でもそれは私の人生の流れと合ってるんだと思う。子育て期みたいなのがあったから。でももうだいぶん大きくなったからさ、ずいぶん、社会と接しなくてすむような流れになってきたっていうのもあるんじゃないかな」
鳥「うん」
銀色「最近、が一っといろんなことをやってるのも、なんか意味があると思うんだよね。全部確かめてるわけじゃない？　こうしたらどうか、ああしたらどうか、こういう人とこう接したらどんなふうに思うか、やってみないとわからないから。全部やってるって感じ。で、ひととおりやって、だいたい結論が出たっていう。朗読と沈黙っていうさ」

鳥「朗読だったらいいんだっていう」

銀色「うん。そしてひとりの世界をより強く持って、ひとりで幸福な世界に住むっていうふうに……」

鳥「しようかなって？」

銀色「うん。より、ね。……そういうふうにできるようになったっていうことかもしれないね。してもよくなったっていうか」

鳥「ふうん。私は、人っていうよりも、空間。空間がすごく狭《せば》まったり、自分が制約される場面が怖くて、そこにいなきゃならないとか、そうしなきゃいけないとか、そこから出られないとか、そういう状況がちょっと怖くなっちゃったので、すごくね。だから大変。この(首のところの)手術のときにも。検査っていっぱいあるじゃない」

銀色「うん」

鳥「それがすごい怖くて。検査が怖いの」

銀色「なんで？」

鳥「検査室が怖いの。手術するぐらいだったら癌《がん》だっていいって言ったら、それはおかしいって言われて」
銀色「それほど嫌だったんだね」
鳥「そっちの方が怖いって言ったら、それはおかしいってみんなに言われて。大丈夫だからって言うんだけど。そこに入っていくのが怖いから」
銀色「ああ〜、それは困るね。いやだね」
鳥「大変だったよ。もう、……憔悴《しょうすい》」
銀色「そうだろうね〜(笑)」
鳥「憔悴状態で」
銀色「嫌なことをしなきゃいけないって嫌いでしょ」
鳥「そりゃそうじゃない？　誰でもね」
銀色「私はしょうがないなって思って、できるよ」
鳥「普通の人はね。で、いちいちが大騒ぎで。レントゲンやらなにやら」
銀色「じゃあ、どうするの？　どう抵抗したの？」
鳥「だから、怖いんですけど、って言わなきゃいけない。怖いから短くやってくださいって。なるべく短くやりますって言うけども、そうはならない」

小鳥「カーテンを開けといてくれたよね」
鳥「そうそう。カーテンを開けといてくれたの。だから、私は前より無防備っていうか、さらけだせるようにはなったかもしれない。自分を。とっても」
銀色「そうだね。そうしないともっと怖いことになるからね」
鳥「カッコはつけてられないっていうか。すでに。電車にね、たとえば、小鳥にむりやり電車に乗せられたことがあったんだけど、私が各駅停車で行こうって言ってんのに」
銀色「降りられるから?」
鳥「いったんいったん降りられるし、人が少ないじゃん」
銀色「うんうん」
鳥「それで行こうよっていってんのに、嫌だっていってさあ。急行に。急行って人が多いし、止まらないから、もうそこに連れ込まれたら汗だくになって」
銀色「ちょっとパニック状態?」
小鳥「パニックになってたんだよ。首にネッカチーフ巻いてたんですけど、それが締まった! って言って大騒ぎして、電車の中で、ネッカチーフが首に締まった! って叫んで取ろうとしたんです。急に(笑)」
銀色「それ取ろうとしたの?」

小鳥「よけいに首が締まるみたいにね。それを見てたらね、他の人は、ものすごい変だと思うよ、だって。ひとりでね、首が締まったみたいに言ってて」
銀色「首が締まったって、バタバタバタバタして。それ、見てたら怖い感じ？」
小鳥「各駅停車で行くのは面倒くさいから急行で行こうよって軽い気持ちで乗せたんですけど、首が締まった！　って最初に騒いで、そいでワアーって汗かいて泣きそうになって、私に、漫才しろ！　って大声で言って、みんな見てるんですけど、こっちを。漫才して！　落語して！　って言って」
銀色「気を紛らすために？」
鳥「うん。落語がうまいから、ペラペラペラペラ。だからそれをやれって言って」
小鳥「大変でした」
鳥「それってさあ、他の人は、きっと見てたと思うの」
小鳥「みんな見てたよ。見てた見てた。ママ、叫んでたもん」
銀色「なんて叫んでたの？」
小鳥「もう怖いから出してくれー、みたいなことを。電車を止めてくれーとか、あそこのガラス窓から出てもいいか、って。いや、よくないからよくないからって言ったんですけど、あそこのガラスを割れるんじゃないかって言ったり」

鳥「非常口から。ベルを鳴らすかとかね」
銀色「じゃあ、それからは……」
小鳥「無理やり連れ込むのはやめました」
銀色「やめた……。乗るとしたら各駅」
鳥「そうそう」
銀色「できるだけそういう状況を作らないようにしてるの？」
鳥「うん。できるだけね。それってもうカッコをつけてはいられないっていう」
銀色「そうだよね。……昔はそこまではなかったよね」
鳥「なかった。だから病院の人とかにも、すごく怖いからって言って、入院していること自体が怖いから、いろいろ言って……」
小鳥「ママのこと怖がってたよ、みんな」
銀「あの人はすごく怖がりだからって？」
小鳥「私に小声で、あのぉ、お母さま、これこれしても大丈夫でしょうか？　ってものすごく怖がってたよ」
鳥「どうしてそんなこと怖がるんだろうって思うけど」
銀色「真剣だからね。その真剣さに気づくと怖いよね、看護師さんもね。大丈夫かなって」

鳥「で、一事が万事だから」
銀色「今はわりと嫌なことをしなくてすんでるの？　家にいて……」
鳥「たいがいね。うん。それで、私が懇意にしてもらってる先生が言うには、その怖いのに対抗できるのはこういう（自分の好きな）世界だから、……人は誰でも、こういう怖い世界と楽しい世界と両方あってひとつの人じゃない？　だから両方共が自分なんだけど、そのバランスが、こっちが大きくなってこっちが小さくなったり、こっちが大きくなってるときには、こっちは小さくなることができるし、だからこっちの世界をじゅうぶん大きくしていけばいいんだね、みたいなさ」
銀色「好きな世界をね」
鳥「そうそう。好きな世界を」
銀色「したくないことをしなきゃいけないのってすごく嫌じゃない？　私にもそれがあって、ほとんどの人は普通にできるけど、私は嫌、っていうのが私なりにあるのよ。それをしなきゃいけないってなったときが、本当に嫌」
鳥「それなに？」
銀色「それは結婚生活のときにあったね。……たとえば、私は自分のテリトリーに人が入るのが嫌なのよ。そういうのって、でも、結婚生活……」

鳥「嫌じゃない？　誰でも。そんなことないのかなあ……、私も、ものすごい嫌」
銀色「たとえば違う例だけど、旦那さんの友だちが来たりとか……、実際にはほとんどなかったけど、たとえばそういうのって好きじゃないの、あんまり。でも、それは一般的には許す……」
鳥「みたいね」
銀色「でも私はダメで、でもそれを嫌って言うのって悪いって思っちゃうの。それですごく苦しかった。私は嫌なんだけど、それを嫌って言うと相手が気の毒って思うんだよね。私と結婚したばかりに、そういうことをさせてあげられない。今思えばそういう普通の人と結婚したのが間違ってたんだけど」
鳥「そうだよ」
銀色「そのときは私、わかんなかったから」
鳥「そうだね」
銀色「今だったら私は言える。私はこういうふうにしたい。そういう私でよければどうぞ、みたいに。その頃はわからなかったから、普通のことができない自分がいけないっていうふうに自分を勝手に責める、みたいなことが苦しかったんだと思う」
（その友だちと私が、私の人づきあいのルールに従って自然に親しくなればＯＫだけど、無

条件に私という個を無視して「妻」だからっていうふうに扱われるのが嫌なのだと思う）
鳥「うんうん」
銀色「あと、子育てで学校のお母さんたちとの交流で、ぜんぜんおもしろくなかったりするけど……」
鳥「しゃべらないといけないとか」
銀色「部活の連絡網とか。そういうのも苦しかったけど、そういうのはもうなくなってきたから。自分のテリトリー以外の社会との関わり……。嫌なことをしなきゃいけないってことが減ったよね。……今後、あるのかな……」
鳥「嫌なことをしなきゃいけない？……そりゃあるかもしれないよね」
銀色「でも、工夫したらいいよね。最初からね。対処して」
鳥「そうなのよ。もう、工夫が大切」
銀色「そうだよね！　工夫。私もすっごく思う。私はすごく工夫して生きて来てるもん、今まで」
鳥「それとね、ユーモア」
銀色「あはは！」
鳥「大切なのは」

銀色「たとえば？」
鳥「たとえばね、家の……タコ氏。タコ氏化する、っていう。タコとして、考えるっていうかさ。そういうふうなこと。タコだからしょうがないっていうふうに。タコ……。タコ日記みたいなのを書いてみるとかさ。タコマンガとかね」
銀色「私も、すごく嫌な状況にあって、そこから逃れられないときは、それをプラスに考えられるように工夫してた。確かに。落ち込んでてもしょうがないから、プラスに解釈するようにしてたよ。ものすごく。その能力はすごくあると思う」
鳥「うん」

鳥「でもさあ……、そういうふうになっても、絶対ね、パパが病気にならなかったときよりも、なった後の方が絶対いいんだけど。私もね。そうだと思ってるの、基本的には」
銀色「私も基本的にはそう思ってるんだよね」
鳥「絶対そうなの。前の方がもしかしたらさあ、パパとも仲良かったし、楽しかったかもしれないけど、絶対、そうなった後の方がいいっていうのは基本的にはあるんだけど、その過渡期に、今あるから」
銀色「うん。……わたしは……、それと違うのか一緒かわかんないけど、いいところに、いいふうに人って向かってる、その人の行きたいところに向かってるっていうふうに思ってるのね、みんなね。基本的に。望む方向というか、決めた方向っていうかさ、無意識に。だからいいふうになるって決まってるって思うの。それを忘れたときにちょっと気が沈んだりするんだけど、忘れてないときは大丈夫」

鳥「そうねえ……、基本は忘れてないんだけど、すごくタコオーラにからめとられるときは、それに抵抗するのがなかなか大変で。でもねえ、今、見放したら気の毒だなって思うし」

銀色「小鳥ちゃんは、嫌なものはないの？」

小鳥「嫌なもの、いっぱいあります」

鳥「あるよね。ふふ」

銀色「たとえばどういうの？」

小鳥「邪魔されるといちばん嫌かな。自分がお話を書いて、その世界に入ってるときに、邪魔されるとすごく嫌かなって思う」

銀色「どんなものからどういう邪魔が？」

小鳥「せっかくポピーの世界に入ってるのに、そこにずっといたいのに、現実の世界が入ってきたり、電話とかも」
銀色「ああ〜」
小鳥「パパが買い物の、ちょっとこれ頼まれたのがこうなんだけど、っていうような話とかが入ってくるとそこでもうここに戻ってきてしまうので、そういうのが」
銀色「それがいちばん？」
小鳥「……うん。怖いとかいうのはないかな」
（しばらく沈黙）
銀色「……ふたりはそれぞれ、違う自分の世界に行ってるの？」
鳥「それぞれだけど、すごく重なってるところがあるから」
銀色「いいよね、仲間がいて」
鳥「そうなのよ」
銀色「でしょ？　そこが違うよね、私と」
鳥「仲間を作ったって前も言ったでしょ、だから」
銀色「そう。そうだよね」
鳥「仲間を作ったから。それは……いいけども……」
銀色「いや、いいって言うか。いい、悪いの問題じゃないよね。そういうものなんだよね……。そういう生き物っていうか……。ふたりの……。そういうもの。そういう世界」
鳥「本当に助けられたっていうか」
銀色「私はさあ、……そういう意味では、そういう人、いないよね……」
鳥「うん」
銀色「わたし」
鳥「うん」
銀色「……このふたりみたいな仲のいい人、私にはいないと思う」
鳥「うん」
銀色「私の世界の中を共有できるような人」
鳥「うん」
銀色「……でもさあ、こういう話ができる人も、だれもいないからね」
鳥「どういう話？」
銀色「こんな話ができる人も、この世界にだれもいない」
鳥「あっそう。でも私だってそうだよ。あんまり……いないかもしれない」
小鳥「ふふ」

銀色「それはでもさあ、それは別にいいんだよね。きっと。自分が生み出す世界もあるわけだし……」
鳥「……でも、先のことをとにかくね。……そうそう。心療内科の先生にも言われたんだけど、先のことを考えるのはまったく意味がなくて」
銀色「うん！」
鳥「先のことを考えるな。今日、今、だけに生きろって、心療内科の先生がパパにも言ったし、私にも言ってさあ。ああー、やっぱり！　と思ったんだけど」
銀色「このあいだ（7年前）も私たち、言ってたよね」
鳥「前からね、今ここに生きる、っていうことを、ずーっと課題として生きて来たわけじゃない？　私はね。今ここ、っていうのを。まさしく、今、ここ、をつきつけられてるなあっていう感じなわけ」
銀色「うんうん」
鳥「だってさあ、先には何が起こるかわからないっていうのは本当に実感としてさ。明日は何が起こるかわからないなあって。自分もまわりもどうなるかわからないって、そう思うから」

銀色「そうよ。私なんかだいぶん……。このあいだもこの話。今、って。あの時も3人でうんうんって、うなずきながら話したけどさ、私もだいぶん、そんなふうに、より、なれてきたよ」
鳥「今ここ？」
銀色「うん」
鳥「あたしたちもずいぶん、もう考えてもしょうがないから、先のことは考えないようにしようっていうの、多くなったかもしれない」
小鳥「そうだね」
鳥「先のことじゃなくて、今。……今、でてくるもの」
銀色「うん」
鳥「深いところからでてくるものっていうかさ」
2人「ふふ」
鳥「ね」
銀色「私はやっぱり、楽観的っていうか、いいふうになるに決まってるって思ってるから、そういう気持ちを持ちつつ、今を、生きる……生きることができるときっていうのは、いい感じのときなんだよね。そうできるときって」
鳥「そうだよね……。前よりももっと。前も好きだったけど、葉っぱとか雲とか空とかにすごく助けられるから、それをすごくよく見るようになったり」
銀色「うん」
鳥「前は、こんなに感じてたかなって、こういう……葉っぱが芽吹くときのエネルギーとか、そういうの、すごく感じるの」
銀色「うん。ふふっ」
鳥「前よりね」

鳥「でもさあ、話は違うけど、あの本があったでしょ？　自己喪失の」
銀色「うん」
鳥「あれが怖いって私が言ったらさあ、捨てようかと思ったって言うから、笑ったんだけど」
銀色「アハハ！　あれさぁ、1～2年前に、あの本がどうもすごくいいらしいっていうのを目にしてね、あら？　って。変わった本で、絶版になってて、売ってなくて、でもごく一部の人から熱狂的に支持されてる……っていうからさ、ちょっとおもしろそうって思って、取り寄せたらさあ（高額で）、なんか気持ち悪いっていうか、ドキドキするっていうか、なんかよくわかんない、はっきりしない、なにか……雨つぶがついてるガラス越しに見たみたいな、ゆがんだ景色みたいな気持ち悪さってあるじゃない？　そういうのを感じて、最初数ページ読んで、もう読めなくなって、捨てようかと思って放っといたの」

鳥「ね。捨てようかと思ったって（笑）」

銀色「だって、ちょっと怖かったもん」

鳥「そうでしょう？　それでね、あたしね、もう怖くて読めなくなったから、ざーっと、そこのいちばん怖いところをどけて、その先をわーって読んで、そしたらちょっとよくわからないんだけどさ。そこどけてたら。そしたら小鳥が読むっていって読んでも、やっぱ怖いわって言うから、私に限らずみんな怖いんだなって思ったの。だれが読んでも怖いと思う」

銀色「でも私、好きなところがちょこっとあったの、表現として」

鳥「ん？　好きなとこ、あるよ」

銀色「ね、ちょこちょこね。いいところがあったわ。そこだけ心にとどめて」

鳥「そうよね」

銀色「あの作者がちょっと怖いんだよね」

鳥「すごい怖い」

小鳥「こわいよね」

鳥「ものすごい怖くて」

銀色「あの人が、もし、ここにいても、楽しくしゃべれないよね」

鳥「うん。あの人の恐怖感っていうのがね。恐怖じゃないですって書いてるけどさあ、すごく怖く書いてるじゃない？　なんだか」

銀色「うんうん」

小鳥「怖く書くの、上手だよね」

鳥「あれを読んでると私はその……、パニックのときの怖さっていうのがまざまざと寄ってくるから、絶対、こりゃあ〜ダメだと思って。あの人、これは恐怖じゃなくて、なんて書いてたけど」

銀色「私、あと、も一個さ、取り寄せて、読まずに捨てた本があるんだけどさ。女の博士、お医者さんかなんかで、脳が1回ダメになって……壊れて、もとに戻ったっていう人の記録」

2人「ふう……ん」

銀色「ちょっと怖いじゃん、それ。でも興味があったから読もうかなって思ったけど、あまりにも怖くて、やっぱりやめようと思って、読まなかった」
鳥「……どうしておもしろいと思ったの？」
銀色「アハハ！　ちょっとおもしろいかなって、一瞬、思ったんだよね〜」
鳥「なんでその人、もとにもどったの？　自力で？」
銀色「うん。で、壊れたみたいになって……もとにもどったのを、博士だったから記録できたんだって」
鳥「自分の状態をずっと？」
銀色「うん。すごい幸福感を味わったんだって。頂点のときは。それからまた現実にもどって……って。……至福感。そういうのってなんか怖いじゃん。死（の怖いところだけをぬき出した）、みたいで」
鳥「ふうん」
銀色「それは読まなかった」
鳥「だからね、あれにね、何が書いてあったのか聞こうと思って」
銀色「ああ。だからあの人は、自分がなくなって、とりもどした話……」

鳥「とりもどしたの？　自分を」
銀色「私もよくわからなかった。でもね、私、ちょっと救われたのは、最後のあとがきみたいなところを読んだときに、私はこの旅をひとりでやったのではないのです、って」
鳥「みたいね」
銀色「うん。で、近所のおばあさんもやってたって」
鳥「ねえ。あなたは若いのにってね」
銀色「急にそこ、平和な感じじゃない？　じゃあ、隣のおばあさんも行けるような（精神の）旅なんだ〜って思って、ほっとしたの」
鳥「あなたは若いのにどうしてそこに行ったんでしょうってね」
銀色「うん。しかもそのおばあさんは何年もかけて行ったけど、この人は短期間で行ったって（笑）」
鳥「ふふっ」
銀色「なにしろああいうのってさ、その人の思いこみの世界だっていう可能性もあるわけでしょ？　すべてが。客観的にはわかんないよね。その人の言い放題だからさ。どこからどこまでがその人の思ったことで、どこからどこまでが外から見てもそれとつじつまがあってるのかがわかんないからさ、あんまり真剣に読むとさ、……疲れるよね」

鳥「あの人、だから、うまい具合に自分が……。最後、あの人、いいように、瞑想世界に入ることができるようになったの？　あの人って」
銀色「……いや……わかんない。でもあの人、昔っからさあ、瞑想とかいろいろやってた人みたいな感じだったね」
鳥「うん」
銀色「そういう世界に通じてる感じだったじゃない？　詳しいっていうか」
鳥「うん」
銀色「…………」
鳥「そいでさあ、あの人の場合、あんなふうに大騒ぎになってんのは、キリスト教の信仰者だったからだよね、きっと」
銀色「だから私、キリスト教に関することがいっぱい書いてあったじゃん。あそこらへん全然わからなかった。知らない世界だから」
鳥「キリスト教って、みんながあたりまえに神さまを信じてるから、よけいに。私たちと違って、神を信じないことが……」
銀色「おっきいことなんでしょ？　それって。罪っぽいっていうか」
鳥「罪、罪、大きな罪」

銀色「そことの戦いがあったんだね」
鳥「じゃないかと思うけど」
銀色「なにしろさあ、なんでもいいんだけど、気持ちが……、いい気持ちにさせてくれるものがいいじゃない？」
鳥「そう」
銀色「あの本からは、ならなかったからさ」
鳥「あっ、そう」
銀色「うん」
鳥「わたしも、だから……」
銀色「……最近、なに？　いい気持ちになるのって」
鳥「いい気持ち？」
銀色「うん。なにかある？　わたし何かなあ……最近……好きなものって……」
鳥「読んだり……、いろいろ、いろんなこと？」
銀色「うん」
小鳥「メリー・ポピンズじゃない？」
鳥「メリー・ポピンズかもね」

銀色「映画の？」
鳥「メリー・ポピンズの曲とかね。それって私が4つのときに大好きになった、……私の基本！」
銀色「そうなんだ」
鳥「そうそう。私の基本になってるから、手術のときにどうしてもメリー・ポピンズを聞かなきゃダメだって言って。怖いから。手術台にのるのが」
銀色「うんうん」
鳥「手術室にかけてもらったの」
銀色「ふうん」
鳥「これがないとダメだって言って」
銀色「お願いして？」
鳥「お願いして」
銀「そういうことできるんだね」
小鳥「CDを持って行って、これかけてくださいって言ったらCDですか、って」
鳥「今どきCDですかって」
銀色「へえー」

鳥「いよいよ私がその手術台にのるときにね」
小鳥「持ったでしょ。小さなあらいぐま」
鳥「何かを持っとかないとっていって、ちいさな、クマ、っていうあらいぐまを手に持っといて。本当はポピーを連れて入りたかったんだけど、それはちょっと大きいから、あらいぐまを持って、メリー・ポピンズをかけて……。今はとにかく、明るくて、かわいくて、楽しいものがすごく好き」
銀色「……あのさあ、小鳥ちゃんのあのちっちゃいお人形は？　フランスに持ってった。まだいるの？」
小鳥「いますよ。ピンピンしてます」
銀色「あれ以外にも好きなお人形はいっぱいあるの？」
小鳥「そうですね。……100匹ぐらいいると思います。いつもみんなの名前を半年分のカレンダーに書いてるんですけど、1月から6月ぐらいまで埋まるので……」
銀色「1日に1個書いてるの？」
鳥「今日の番、っていうのがあって」
小鳥「今日の番っていうのを書いてるんです。1日に1個」
銀「じゃあ、名前が全部ついてるの？」

小鳥「はい。だから、180個ぐらいかな……。みんな好きですよ」
銀色「へえ〜。それ、名前ついてるの？　最初に？　自分で？」
小鳥「はい。名前みんなついてます」
鳥「名前をつけて、今日の番っていう人は」
小鳥「一緒に寝るんです」
鳥「一緒に寝て、ここに降りてくる」
銀色「えっ？　降りてくるってどういうこと？　連れてくるっていうこと？」
小鳥「このリビングで1日過ごして、また上に行って、次の日は次の人がまたここにって順ぐりになってるんです」
鳥「その人がいろいろ発言するの。その日はね。編集会議に加われるわけ」
銀色「けっこう昔からいる子もいれば、わりと新しい、最近入った子もいるってこと？」
小鳥「そうですね。昔からのが多いかな」
銀色「大きさは大きいの？　ちっちゃいの？」
小鳥「いっぱい、それぞれに」
銀色「いろんな大きさ……」
鳥「この人が小さいころ、私はそのものたちの全員のおかあさんだ、って。そう言ってたの。

自分は、実は、夜のあいだに馬とか羊とか、そのつどいろんな形に変わってるんだ、って」
銀色「うん」
鳥「そういうふうに言ってたね」
銀色「たとえばどんな名前の人がいるの？」
小鳥「え、……プープーとかピーピーとか、いろいろ。アンナちゃんとかポポちゃんとか、そんな感じです」
銀色「名前を忘れることはないんだよね」
小鳥「覚えてます」
銀「だよね。……1個ずつちゃんと性格……とかもある……んでしょ？」
3人とも笑う。
鳥「性格がある……。こういうのも、だって、あるじゃない？　このランプとかも全部、擬人化するから……」
銀色「……その、擬人化っていうのは……、こっちがそう思ったときにしかしゃべらないの？　それともいつもしゃべってて、たまたまそれを言ったときだけ、聞こえるの？　どういうこと？」
2人「うーん……」

小鳥「でもふたりになるとけっこうみんな、わーわーしゃべってるよね」
銀色「それは、ふたりとも同じのが聞こえるの？」
小鳥「いやあ〜、なんとかだったのう〜、って私が言うので。いやあ〜、山猫さんは今日はずいぶんしゃべっとったのう〜、って時計爺さんになって私が言うので、共有……できます。共有してるよね」
鳥「うふふ」
小鳥「そしたらママが、これはランプばあさんなんですけど、ランプばあさんになって、ほんとね〜、って言うので、それでずっと会話してます」
銀色「ふうん」
3人でアハハって、笑う。
銀色「それを聞いてみたいけどね」
鳥「ああ〜。……それは、あれかもしれないね」
小鳥「なに？」
鳥「うちの家族の共有かもしれない。それ。……ね」
小鳥「そうだね」
鳥「うん。家族共有……かもしれないね」

銀色「あるよね。家族の中のね、独特のものがね」
鳥「うん。……でもそれが基本になってるっていうかさ」
銀色「うん」
鳥「ぜんぶ。……だから、他の人が聞いたら、もしかしたらものすごく変なふうに聞こえるかもしれないんだけど」
銀色「ああ〜。まあ、そうだろうね」
小鳥「ふふふ」
銀色「たぶん私も、子どもたちとの独特の世界があると思う。あんまり意識してないけど。あると思う」
鳥「うん」

長い沈黙。

銀色「でも、だいぶんホッとしてきた時期になってよかったね」
鳥「だれ？」
銀色「今」

鳥「ホッとしてきた時期？」
銀色「……って、言ってなかったっけ。ちょっと……」
鳥「そうだね。去年とか、すごかったよ。言ったよね、ゴミ箱をね、大きなトンカチでかち割ったとか」
銀色「え？」
鳥「あたしね、大きなゴミ箱をね、ものすごい大きなトンカチ、こんなトンカチがあるんだけど」
小鳥「ふふっ」
鳥「それで、こう……わあーって」
小鳥「たたき割ったんだよね」
鳥「たたき割ったの」
銀色「どこで？」
鳥「庭で」
銀色「そんなおっきいトンカチがあるの？」
小鳥「この、植木のまわりに杭を打つトンカチだったんですけど」
鳥「それで人も殺せるかっていうような、すごいのが」

小鳥「そうなんです」
銀色「それでゴミ箱を割ったの？」
鳥「割ったの」
小鳥「それよりましだね」
鳥「そうだね。そのときよりまし」

しばらく沈黙。

鳥「全然、寝れないってこと、ない？」
銀色「うん。夜中に目が覚めたりすることはあるけど、しばらく本読んで、また寝るみたいな……。それって寝れないってこととは違うよね。寝れないっていうのは、ぜんぜん寝れないっていうことでしょ？」
鳥「うん。眠りに入れないとか、途中で起きちゃうとか」
銀色「ああ～。途中で起きることはあるけど、問題に思ってないっていうことは、たぶん問題じゃないんだよね」
鳥「そうでしょう。だから、すごくそういうときがあって。そういうときってものすごく、こう……、ああ……、これをね、このまま、こういう感じっていうのを私はちゃんと記録したり、ものすごくずっと見る悪夢をね、ちゃんと覚えてたり、ずっと感じてなきゃいけないのかなって思ったんだけど、あまりに怖かったり、あまりに感じすぎるから、今、ちょっと。本当はそうしなきゃいけないのかもしれないんだけど」
銀色「私もさあ、悪夢を見るときがあって、それは怖い。怖いんだよね、悪夢って」
鳥「うん」
小鳥「ふふ」
銀色「すっごく。ね。私はお腹空《なか》いてるときに見るんだけど、そのこわ〜い夢を。あれはちょっと嫌だ」
鳥「ふうん。……見るものは見るとして、それはそれとして受け入れなきゃいけないと思って、こうやってすごくよく感じるようになったことはありがたいことだと思ってさあ。そうとも思うんだけど、やっぱり怖いので、やっぱり嫌なのでね。……嫌だと思うことも、こんなに怒ったり、こんなに嫌だと思ったりすることって私、今までなかったから、それもありがたいなっていうか」
銀色「うん」
鳥「それもいいことだとは思うんだけど。でもね、すごく嫌だーってすごく深く思うと、そのあと、あたりまえのことがすごくきれいに見えるから、いいなと思うんだけど」
銀色「それはあるよね」
鳥「うん。私、普通の人たちの会話っていうの……。ああ、この人たちってすごく普通に会話してるんだってだけで、すごいなあって思うから。だから今は薬を飲んで、ちゃんと寝れるように最善の努力を尽くしてから寝るようにしてる」
銀色「そうすると寝れるの？　悪夢もあんまり見ない？」
鳥「うん。でも、そのかわりバチッって切れちゃうから、あ、意識をなくすってこういうことなんだなっていうことがわかるけど。フェイドアウトしてくんじゃなくて。眠るときはフェイドアウトじゃない？　そうじゃなくて、薬を飲むとパチンって」
銀色「起きるときはどうなの？」
鳥「そんなに強い薬じゃないから、起きるときは自然に起きるんだけど。……ずっと夜が怖かったからね。夜の中にいるっていうのが。例の、怖い感覚のつながりで。みんなが寝てるのに自分が起きてるっていうのがちょっと怖いっていうか」
銀色「私もあの悪夢、怖い夢を見たときのあの怖さは、すごい怖いから、起きて……、お腹空いてることが多いから、何か食べたり、お酒飲んだり。けっこう、ワインとか飲んだり、夜、するので。私はお酒で気を紛らすことが多いかも。そういえば。考えないでいられるっていうか」
鳥「それでね、私、手術するときに意識がなくなるじゃない？　それがどういうことなのかすごい知りたくて。意識ってなくなったことある？」
銀色「麻酔をかけたことはあるよ。急になにもわかんなくなる」
鳥「急になにもわかんなくなるよね？　意識がなくなるってああいうことだよね。急になにもわからなくなって、急にふわって起きるじゃない？　あ、こういうことなのかってやっとわかったけど」
銀色「うん。……だから……よく生きてるなって思う。意識をなくさせることが簡単っていうことはさ、死なせることも簡単なんだろうなって。よく生きてるなあって思うよ。無事に」
鳥「人が？」
銀色「うん。自分も含め。人が。生きてるっていうか……」
鳥「でも、いつどうなるかわからないっていうのはホントに……。死ぬのは怖くないって書いてたじゃない？」
銀色「うん」
鳥「そう？」

銀色「死に対する恐怖心はないけど、いま死にたくはないし、死ぬときに苦しむのは嫌」
鳥「うん」
銀色「でも死に対する恐怖心を克服したくて、そういうふうに考えるようにしたから」
鳥「それは、死んでも生き続けるっていうこと？」
銀色「そう。死んでもなくなるわけじゃないっていうふうに思うことによって」
鳥「なくなるわけじゃないっていうのは、なにがなくならないの？」
銀色「自分がまだいる、っていう」
鳥「自分？　もう自分じゃないもの？」
銀色「自分の考えもある、という気がする」
鳥「意識ってこと？」
銀色「うん。……それは、死んだらわかるなあって思ってさ」
鳥「まあ、そうだよね（笑）」
銀色「わかんなかったらそれでいいし。……いろんなことを言ってるじゃん。いろんな人が。死んだあとのことって」
鳥「いろんなことを言ってるよね」
銀色「その中で私は、自分の考えや意識も残ってるっていう方が好きなの。だからそっちの方を採用したの」
小鳥「ふふふ」
鳥「その自分の考えとか意識が残ってるのは、それはどこにいるの？」
銀色「それはまたその世界があって、その世界でどんどんずっと続いていくのかなって。人の命ってすごく短いって思うの。１００年ぐらいって。意識と比べたら、体の寿命は」
鳥「うん」
銀色「だからたぶん、すごくたくさんの、長い……、もっともっと何かがあるような気がする」
鳥「ひとつのところが終わってもまたあるっていうお話が、童話にもよくあるけど、そういうふうな感じなのかな」
銀色「うん。……あれ、なんで、昔からそういう話があるんだろうね。ということはやっぱり、そうなのかな？　いろんな国で、いろんな言い方で、いろいろ言うじゃない？」
鳥「うん」
銀色「……そうなのかな……だから……」
鳥「そいでさ、そこのところに行ってもまた、その次にもありました、みたいなのが……」
銀色「ふふふっ」

鳥「あるよねえ？　あたしの好きな話……あの……なんだったっけ」
小鳥「あれでしょ？　はるかな国の人だよね」
鳥「『はるかな国の兄弟』っていう。リンドグレーンっていう人の話。もともともう死んだところから始まるんだけど、話が」
銀色「うん」
鳥「死んだあとに、ずーっとそこの世界の話があって、そしていちばん最後に、また別のところに行くっていうところで終わるんだけど」
銀色「うん」
鳥「そんとき、あああー、って思ったもん」
銀色「どう思ったの？」
鳥「やっぱり！　とか、ああー、そうか！　って」
銀色「アハハ」
鳥「そういう感じ」
銀色「うん」
鳥「ナルニアとかもそう。あ！　そうか、これ、全部、死んでる！　死の世界の話だったんだって思って、そのあとに、最後にもっと奥に、新しい、もっと本当の世界があるみたいなふうになって終わってるけど……、そんな感じ？」
銀色「うん。そう思う。そう思って私は今、生きてるから（笑）」
鳥「そう……」
銀色「どう思ってるの？」
鳥「私ねえ、……わかんない。わかんないけど、やっぱり、私の中のものが小鳥につながってるし、それって前からずっとつながってきたものっていうのが……あるでしょ？」
銀色「うん」
鳥「それはやっぱり宇宙に帰るんだろうなと思って……。宇宙の中にたくさんあって、そこから命が生まれて、その命がずっとつながってきたもの。それが、……それが、すべてっていうかさ、それが」
銀色「前、言ってたよね。1個の細胞からって」
鳥「そうそう。やっぱりそれがすべてなのかな、って思う。そうするとそれは……宇宙に帰っていくし……、意識がどうなるのかはちょっとわかんないけど」
銀色「そう、私、だからさあ……。死んでも意識があったまま次にまた何かの世界があると思って生きてるからさあ、そう思うと、普通の日常生活の人々がやってる、いざこざとかさ、嫌な感じとかを、見るのが嫌なんだよね」

鳥「うん」
銀色「だってさあ、……そういうふうに思うのが……、思わなくてもいいじゃん、って思っちゃうので」
鳥「うん」
銀色「楽しく、っていうかさ（笑）」
鳥「そこまでも思わなくても。そんなふうに思わなくても」
銀色「うん。そういうふうに思うことの無駄、っていうか、もったいないっていうか」
鳥「うん」
銀色「なんでそんなに嫌な気持ち……、ケンカしたりとか、そういうふうにするんだろうなって思っちゃう」
鳥「時間がもったいないって」
銀色「そうそう。もっと楽しく大事に生きることもできるわけじゃない？」
鳥「うんうん」
銀色「そういうふうに悪くものを思わずに、いいふうにもとらえられるからさ」
鳥「うん」
銀色「……って思ったりするけど。それはやっぱり私がそういうふうに思って生きてるからっていうことに関係するんだろうなあ」
鳥「それって、もう、すごく根づいてる？」
銀色「うん。根づいてる」
鳥「ふうん」
銀色「……でもやっぱりさ、なんかね、疑わずに信じる方に賭けて信じると、やっぱりいいふうになるんだよね。物ごとって。信じる力がないときもあるんだけどさ、気持ちがね。でもそこで信じることができた場合、ちゃんとそういうふうになるので、そうなんだろうなって思う」
鳥「うん」
銀色「なんかね。たとえば何かやってて、弱気になったり不安になったりっていう気持ちがあるとするじゃん」
鳥「うん」
銀色「そうするとやっぱり、すごくそれが反映されるの。その後の出来事に。それが現実に動いたときに、その弱気が反映されちゃうっていうのはすごく感じる。で、信じる気持ちが強くて、弱い気持ちがないときって、本当にそういうふうに（いいふうに）なっていくって。現実の流れが」

鳥「うん」

銀色「……というのはね、すごく、具体的にそう思う。よく」

鳥「ふうん」

銀色「でもだからと言っていつも、すごく強い気持ちでいられるわけじゃないから、その辺はあれなんだけどさ」

鳥「うん」

銀色「でもさっき言った、私が硬い殻、強い殻の方にこれから行くとすると、もっとその信じる気持ち、不安や疑いを感じない方向に行けるんだろうなと思う。薄くしてたときって、それが何かに必要だったんじゃない？　薄くすることによって関われることってあるじゃない？　世の中のこととかね。そういうことだったのかなと思って（笑）」

鳥「ふうん」

銀色「……ごはん食べに行く？」

鳥「うん。食べに行こうか」

小鳥「うん！」

出窓のところにポピーの写真が貼りつけられたコルクボードと、ポピーの骨壺。その骨壺を「お骨さま」と呼んでいるのだそう。写真は0歳から14歳まで年代順に貼りつけている。0〜14番と番号がついている。

車で鳥親子おすすめの「弓削牧場」へ。

行きながら思った。さっきの最後の「信じる」の話のあいだ、鳥親子は終始ぽかんとしていたのだけど、それは彼女たちは信じる必要がないから信じるってよくわからなかったんだと思う。彼女たちは確かなあの世界に生きていて、それは信じる必要がなく、もうただそこにあるので。信じるって、今そこにないものを願うときに使う言葉だから。


今日はいつになく人が多いというその山小屋風のチーズハウスでランチ。庭にはハーブが植えられていてなんだかくつろげる。

食べながら、私は長い物語を書くのが苦手だという話をする。すごく書きたいのに、書き始めるといろんな方向にお話が進んで行ってまとまらなくなる。そして今書いている「まるピンク」の話を夢中になってしたら、ふたりとも楽しそうに聞き入って、すごくおもしろいと言ってくれた。私もそう思うんだけどなにしろうまくつなげるのが……。短い話なら書けるんだけど。でも、ちょっと送るから一度見てみてとお願いする。

私が「最近、楽しいってことないなあ〜、なんにも」と言ったら、「ないの？　楽しそうじゃない？　すごく。ねえ？」と鳥。こっくりうなずく小鳥。

「ないんだよね……。なにか、夢中になれるものが欲しいけど……。今を生きる、っていうのはだいぶできてるとは思うんだけど、今を生きる、って、楽しい、っていうのとちょっと違うよね。楽しいって、今のちょっと前かちょっと後じゃない？」

「ちょっと後かも」と鳥。


それから、人前で何かすることの話になり、ふたりとも人前は苦手らしいので、「じゃあ、何だったら人前でできる？」と聞いたら、「……朗読」。

よくふたりで家で朗読、お話の読み聞かせをやっているらしい。お互いに読み合って。そして、こころここにあらずで読むとすぐにわかるのだそう。読んでる人の気がそぞろだと、言葉が右から左にツーッて流れて行く感じになっておもしろくないから、「おもしろくない」って言ったり。

「いつか3人でお話の読み聞かせやりたいね。自分で書いたお話で」とうなずき合う。

「最近、お兄ちゃんの方はどうしてるの？」と鳥に尋ねたら、「資格取って自分でなんだかそれなりにやってるみたいで、一時はあれこれ気をもんだけど、結局私が考えなくてもどうにかなるものなんだねと思ったわ」と。

「まだバレエ習ってるの？」と聞いたら、

「先生がやめちゃったから行ってないけど、今は小鳥と家でボレロを踊ってる」

「……何分ぐらい？」

「15分ぐらい。そして、踊ってるあいだに浮かんだことを、そのあと小鳥がお話に書くの」

「どんなことが浮かぶの？」

「0〜14番のポピーの写真をくって1枚選んで、ポピーと一緒に踊るから、ポピーの話」

踊り書き……。

4月23日
『ふたりに会うと、リラックスした気分になれます。またちょくちょく遊びに行くね！　こんどはあそこでピザを食べてみたいな』
『いつでもどうぞ！
また毛玉ちゃんがどうなったか教えてね』
『あのさあ……、その話、送っていい？　ちょっと読んでみて』
『うん、いいよ！　送って！』

彼女に会うと、なぜ幸せな、リラックスした気分になるのだろう。
彼女の世界を構成しているものは私とは違う。だから話す内容で共通のものは少ない。たぶん基本的に同じものはあんまりない（毛のすじぐらい？）。だから私には、彼女に対する意見はない。彼女は彼女の独自の世界の中で自分らしく生きている。その生きている感じが、私を心底、目覚めさせる。独自に生きているありさま、が。

この透明な関係の中では、共感すら必要ない。共感を超えている。

ただ、「そのものがそこにそれらしくある」ということが重要で、それは私に、安らぎや浄化を与えてくれる。そういうふうに感じさせてくれるものは、私の人生の中で彼女以外にはない。

そのものがそこにそれらしくある。だれの支配も許さず。そっと。確固たる強さで。

それを知ること、見ることが、私には力になる。希望になる。自分の存在（私が私らしくここに存在すること）を強化してくれる。

それがそこにあるということを知る、そのことが。

だれもが、自分らしく、そこにいればいいのだと思う。

自分らしいやり方で生きていけばいいのだと思う。

だれも、同じ人はいない。どの人も、その人だけの個性を持っている。宇宙を持っている。

その人すぎるほどその人だ。それを私はたたえたい。

その、その人だけの、その人をその人であらしめている個性。それはどれも、ちょっと風変わりでおもしろく、奇妙で独特だ。そこを私は評価するし、それがいちばんその人の魅力だと思ってる。

たぶん、他の人と違うと思っていて、自分では弱点で嫌いでコンプレックスだと感じている部分、その部分こそが実は、いちばんの強みであり宝だ。それによって最も光り輝ける。それを自覚してほしい。誰も褒めなくても、私は褒める。そここそがあなたであり私だ。自分がいちばん嫌いだと思い込んでいた部分が、いちばんの宝だということに気づいたら、すべてがひっくり返る。世界が。自分が世界だと思い込んでいたものが。

『「まるピンク」、送ります。

なかなかいいよね。

でも、これはここまででちょうどいいのかな、とも思うわ』

『読みました。

発想が、とてもいいと思います。

かわいい発想が、いっぱいあると思った。

2人とも気にいったところは、
最初のお父さんの言葉。
まる族には、まるい形のものが、縁起がいい。
池あおが、虹色ドロップの涙を流して、それを食べながら、話すところ。
じょうちゃん、感心。とか、なんですじゃ、っていう、あおのせりふ。
急に、池あおが、
「いけません。友達には、親切にしなくては」とか、いって、注意するところ。
まる族には、肉球があるっていうところ。
ルルルーの風。
池あおが、木の実を耳につめる。
小さき姫の話。
とか、他にも、いろいろ、ありました。

私は、森を中心に、
まるピンクと、まるレモンと、池あおと、ひょろと、小さき姫（お気に入りなので）を、中心に、話を作ったらいいんじゃないのかなあって、思った。
ママや、パパや、若草色君は、そんなに、いらないんじゃないかなあ？
カイルの森の、別バージョン版っていうか。
カイルの森より、もっと、小さな、かわいいバージョン……みたいな。
絵は、ぜったい、ついていたほうが、いいと思う。

レモンの説明は、そんなに、いらないと思う。
池みどりがなくなって、池あおが悲しがっているのは、いいんだけど、
池みどりの放浪の話は、いらないんじゃないかなあ？　と思った。

でも、とにかく、発想がおもしろいから。
私は、小鳥のほかに、こんな発想する人を、知らないから、
私たち3人、いいですね。こういう発想』

『そうお⁉
なんかうれしい。やる気になる。

じゃあ、ちょっと楽しみながら書いてみようかな！
自分が楽しんで書けばいいね。
やってみるわ。
ありがとう！』

『うん、ぜひ、書いてみて。
それで、不思議なことですが、
あの、まるピンクのお話を読んだあと、
私は、「親子丼が、訪ねてくる」話を、
小鳥は、「パン屋に、かいじゅうがパンを買いにやってくる」
という話を、思いつきました。
私たち2人のいつもの世界に、
新しく、まるピンクという　まるたちの世界が、
やってきたからでしょうか？
感性が刺激されたんでしょう。
おもしろいことだと思いました』

『わお。おもしろそう。
タイトルだけで、想像がふくらみます。
私の頭に浮かんだ親子丼は、硬いおどんぶりながらも、
腰をくねらせて、まつ毛をチローンとさせたおじさんでした。
あるいは、こころやさしい素朴な親子の親子丼。色白で、手をつないで。
ぜひともいつか、私たちのお話の読み聞かせ会をやりましょう！』

『まつ毛チローンのそのひと、どんぶり界の、どんぶりカフェのマスターだね。
または、どんぶり美容室の、美容師かな？
どんぶりにとっては、頭は重要だから。
私のところへ来たのは、夫の焼き鳥どんぶりと
けんかをして怒っていた、親子どんぶり夫人。
怒りで、頭がかたくなるのを心配していました』

『「親子丼が、訪ねてくる」話と、

「パン屋に、かいじゅうがパンを買いにやってくる」という話、完成したら、ぜひ送って見せてください。
私も、チローンと、色白親子が出てくるお話を書きます』

『また、書けたら送るね。
まるピンクによろしく』

『あのさあ、首のところにできたコロコロのこと、なんて呼んでたっていってたっけ？』

『ドレミファ・ドン。って、呼んでたの。エクアドルに、コブイグアナっていうイグアナがいてね。そのコブを押すと、ドレミファって音が鳴るんだな。そのイグアナが、ある夜、あたしに、コブをうつしたの。そのイグアナの名前は、ドン。だから、コブの名前は、ドレミファ・ドン』

あとがき

最後まで読んでくださってありがとうございます。

なんだか霧の中の出来事のようでしたね。

鳥親子は先日、オーストリアとスイスに行って来たそうで、飛行機や列車に乗れてよかったというメールがきました。

今日も、この地球上でお話を紡ぎながら生きている鳥親子。

私も自分の道を進みます。

そしてまた時々ふたりと会って、今はどんなふう？　と聞いてみます。

本当に楽しみなのです。

２０１３年10月　秋　銀色夏生

付録「おてて親子丼」

～おててをつないだ親子丼とまつ毛がチローンとした親子丼のお話～

夕焼けが真っ赤に空を染め、もうすぐ群青の透きとおった空に入れ替わろうとするころでした。

色白でおとなしくおててをつないだ親子丼の親子が、橋の向こうから歩いてきました。

親子は古風な顔立ちでしたから静かな性質に思われましたが実は違います。遠くから見てるとわかりませんが、ひっきりなしにおしゃべりをしているそれはそれはおしゃべり親子でした。そこへ硬い丼ながらも腰をくねらせてまつ毛がチローンとした親子丼の旦那が通りかかりました。

「おやまあ、おしゃべり親子の親子丼だね。どこいくんだい」

「うるさい。だまりやがれ」と色白のぼくがいいました。

「ふん。あいかわらずだね。その口」

「口がなんだよ。まつ毛チローンめ」

チローンは見かけによらず打たれ弱かったので、ぐっと言葉に詰まってしまい、くやしいことに言い返せませんでした。

色白親子丼は、何事もなかったかのようにおしゃべりしながら通り過ぎて行きました。

ああ、くやしい……。

その夜、チローンはなかなか寝つけず、思い出すたびにハンケチを噛みしめました。こんどこそ、あの口の減らない親子丼のぼくをぎゅうという目にあわせてやるぞ。泣いて懇願するぐらいに。そう考えると楽しくなって、チローンはふふふと笑いました。そして安心してぐっすりと眠りました。

親子丼のぼくは、今、紙に絵をかいています。何をかいているかというと、丼の模様のアイデアです。

「新作をスケッチしてんだ」

ぼくは、どんぶりデザイナー。……志望。

あのチローンに会ったあと、いいアイデアが浮かんだのです。チローンのまつ毛のような草の穂をどんぶりいっぱいにちりばめよう。熱心にスケッチしていたら、ママどんぶりがやってきました。

「そろそろねなさい」

「まだねむたかない」

「もう10時よ。明日、あれでしょ？」

ハッ、そうだった！　詩の朗読会。

　ぼくどんぶりはドキドキしてきました。初めて人前で詩を読むのです。
　詩の朗読会をどんぶり町内で開催するということになり、「ぜひおたくのぼくもひとつ」とママどんぶりは区長さんに頼まれたのです。それをぼくどんぶりに伝えたら、「詩の朗読となっ！」と驚きました。
　たしかに、詩を書くのは好きでした。いろいろなものを見聞きしては、浮かんだことを手帳に書きつけていました。そしてときどきは誰もいない裏山でそれを声に出して読んだりもしました。ママどんぶりはそのことを知っていたのです。それで朗読会のことをぼくどんぶりに伝えたところ、ぼくどんぶりは最初は驚いていましたが、だんだんに、ちょっとやってみようかと挑戦したい気持ちになったのです。

　ぼくどんぶりはあわてて寝巻に着かえてふとんに入りました。どうぞうまくできますように……。読む詩は決めてあります。「青空豆」です。近ごろ書いた詩の中ではいちばん好きな詩でした。それを、明日、ぼく、読むんだ。たくさんの人の前で。……考えているうちにぼくどんぶりは、いつのまにかすうーっと夢の中へ引き込まれていました。

　次の日。

いいお天気です。

朗読会が開催されるどんぶり神社では、たこ焼きや綿あめなどのお祭り市もでてにぎわっています。いつもだったらぼくどんぶりもヨーヨーなど買ってもらってはしゃいでいるところなのですが、今日は出演者なので緊張しながらテントの中にすわっていました。年齢の若い順に読むので、ぼくどんぶりは5番目です。いちばん小さいのは3さいのミニどんぶりでした。ミニどんぶりは興奮気味に走り回っています。

「ミニどんぶりちゃんはどんな詩を書いたの？」とつかまえて聞いてみました。

「ぼくの詩はね、どんぶりのぐ、っていうの。ぐがね、どっさりのときは頭が重い、ちょっぴりのときは頭が軽い、熱いときはあっちち、冷めたらスースー、ってのさ！」

「いいね！」

すると、どんぶり区長さんがやってきて、「さあてみんな、準備はいいかい？　はじまるよ。はじまりの挨拶をしてくるからね。みんな、大きな声でしっかり読むんだぞ。たのむぞ」

区長さんの、いつにもまして大盛りに盛ったうなぎからいい匂いが漂っています。

区長さんの挨拶が終わり、まず、ミニどんぶりが舞台に出ていきました。そして、さっきの詩を大きな声で読み上げると、会場からは大きな拍手がわきおこりました。

参加賞の真っ赤なりんごあめをもらってうれしそうです。

もうすぐ、ぼくどんぶりの番です。


番が来ました！

ぼくどんぶりは舞台の上に立ちました。神社の境内にはたくさんのどんぶりたちが座ってこっちを見つめています。

がんばって……、大きな声で……、と心でつぶやきました。そして、スーッと息を吸いこんで……。

青空豆

青空に豆がひとつ
空中に浮かんでいる
●
青空豆は空の豆
その豆から青空が生まれる

豆が割れて
空が生まれて
空にたくさんのまるい空が浮かぶ
青空に小さくまるい青い空
青に青だからってわからなくても　小さい青い空

青空豆
その豆があれば
どんな時も
気持ちがしゅんとした時も
ぼくの小さな心の中も青空にしてくれる

その豆をあげよう
その豆はたくさんあるから
その豆をあげよう

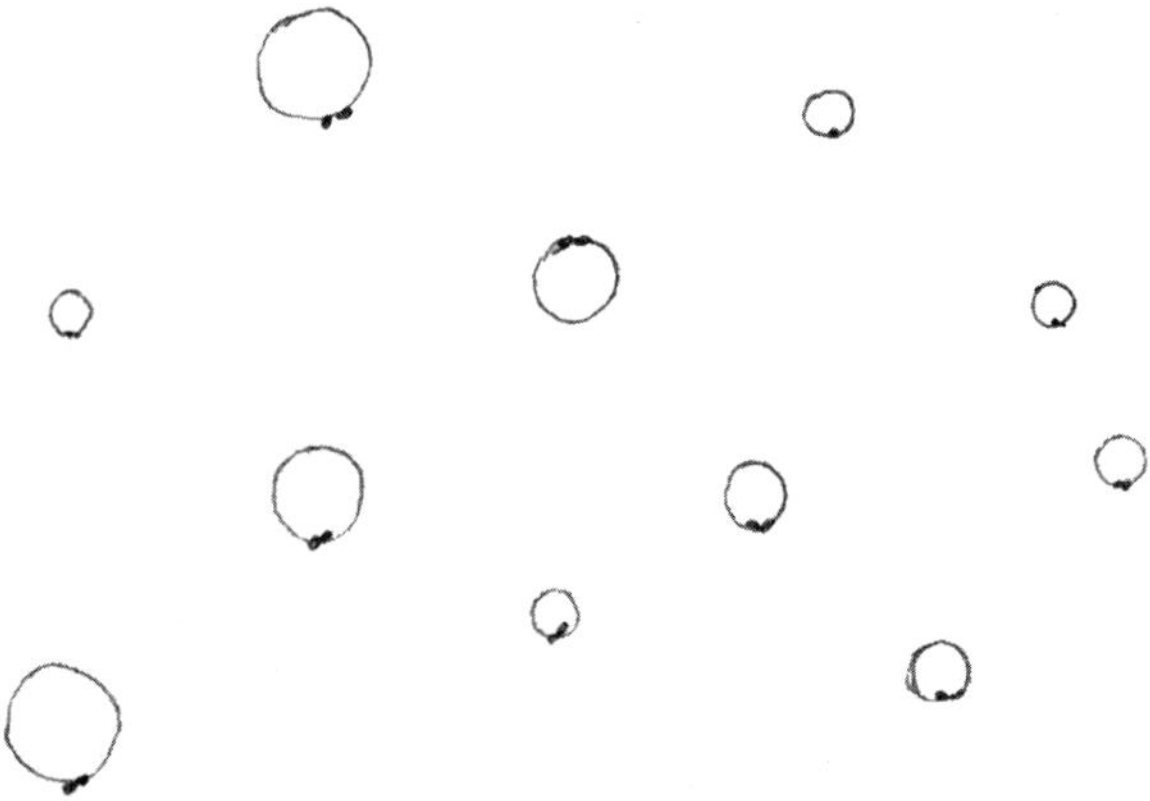

青空を好きと言うみんなの心も
青空にしたいから

青空を好きと
もしももしも言うならば

ぼくどんぶりは、読み終えるとホッとしたように息をついて、ちょこんとおじぎをして下がりました。

群衆の中に、その詩を聞いて感動していたものがおりました。

そう、あのまつ毛チローンです。詩心のないチローンは、詩というものを作るということ自体、考えられないことでしたので、あのぼくどんぶりがなんだか素敵なふうに自作の詩を発表したのを見て、驚くと同時に感動し、知らぬまに涙すらこぼれていました。

すっかり毒気をぬかれたチローンは、帰りがけのぼくを見かけ、小走りに近づきました。

「ぼくや」

「なんだい。チローンか」と身構えましたところ、

「素晴らしかったよ」

「えっ」意外にも褒められたので、照れました。

「これからもがんばってたくさんの詩を書いておくれ」

チローンはそう言って、おててにあめをにぎらせて、さっと帰っていきました。

ぼくはきょとんとして、でもうれしくなって、いい気分で屋台見物に繰りだしました。

それから、ぼくどんぶりは、だんだんチローンと仲よくなりました。悪い人ではないと思ったからです。

そして、チローンのまつ毛のような草の穂どんぶりをデザインし、自分には青空豆のどんぶりをデザインし、ふたりで新しいどんぶりに着替えて、川のほとりをお散歩するほどにも仲よしになったのでした。

ぼくどんぶり
チローン

魂《たましい》の友《とも》と語《かた》る

銀色夏生《ぎんいろなつを》

平成25年12月5日　初版発行

発行人——石原正康
編集人——永島賞二
発行所——株式会社幻冬舎
〒151-0051東京都渋谷区千駄ヶ谷4-9-7
電話　03(5411)6222(営業)
03(5411)6211(編集)
振替00120-8-767643

印刷・製本—図書印刷株式会社

装丁者——高橋雅之

検印廃止

幻冬舎文庫

ISBN978-4-344-42116-5　C0195　き-3-18